"文饭小品"

谢其章 著

煮雨文丛

GUANGXI NORMAL UNIVERSITY PRESS

广西师范大学出版社

·桂林·

出版统筹：虞劲松 梁鑫磊
责任编辑：梁鑫磊
校　　对：楼晓瑜
装帧设计：姜寻工作室
责任技编：伍先林

WENFAN XIAOPIN
文饭小品

图书在版编目（CIP）数据

文饭小品 / 谢其章著. --桂林：广西师范大学出
版社，2021.1
　　（煮雨文丛. Ⅳ）
　　ISBN 978-7-5598-3361-7

　　Ⅰ. ①文… Ⅱ. ①谢… Ⅲ. ①小品文－作品集－
中国－现代 Ⅳ. ①I266.3

　　中国版本图书馆 CIP 数据核字（2020）第 217728 号

广西师范大学出版社出版发行

（ 广西桂林市五里店路 9 号　邮政编码：541004 ）
　网址：http://www.bbtpress.com
出版人：黄轩庄
全国新华书店经销
广西广大印务有限责任公司印刷
（桂林市临桂区秧塘工业园西城大道北侧广西师范大学出版社集团
有限公司创意产业园内　邮政编码：541199）
开本：635 mm × 965 mm　1/16
印张：12.75　　字数：172 千
2021 年 1 月第 1 版　　2021 年 1 月第 1 次印刷
定价：78.00 元

谢其章，祖籍宁波，上海出生，襁褓之龄随父母迁居北京。于北京成长，幼小初结业，不及弱冠即赴农村插队落户，知青身份凡八年。二十年前转行自由作家。出版有《搜书记》《北京往日抄》《封面秀》《玲珑文抄》《风雨谈》《佳本爱好者》《蠹鱼篇》《梦影集》《漫画漫话》《出书记》《书蠹艳异录》《都门读书记往》《我的老虎尾巴书房》《春明谈往》等二十余部文化随笔。编撰有《电影杂志》《朴园日记》《北河沿日记》《东西两场访书记》等。对于民国电影和民国漫画有较深入之研究，对于民国画报和民国文艺杂志有较丰富之庋藏。

序

　　书名，书名，一书之名，兹事体大，不可怠慢，故常陷彷徨之中。前向我的两个新书名自以为中规中矩，不会引起歧义吧，结果当头挨了一棒。《出书记》去年一月新出，我的意思很清楚呀——我的出书的记录，不料一位很熟的搞出版的朋友说："我还以为是出货的意思呢。"又找补了一句："我以为你要卖书呢。"这都哪跟哪呀，我有些后悔，不如采用原来设想的书名"自由之路"，意思是"自由职业者的写书历程"。去年十月，《绕室旅行记》由中国第一老牌出版社商务印书馆出版，正在兴头上，问一位朋友："送你的书看了吗，怎么样？"你都猜不出她是咋噎我的："你又不爱旅游，写那么多旅行记干吗？"还有一个不算太离谱的误读，有位很有学问的朋友问我："你又出了一本回忆老北京的书？"幸亏我还没老糊涂，赶紧说："你说的是《北京往日抄》吧？"说了以上三个教训，再碰到起书名，难免畏手畏脚，真发愁如何起一个群众喜闻乐见的书名呢！

　　我非常喜爱民国作家周黎庵（1916—2003），喜爱的程度要超过沈雁冰、朱自清、曹禺、冰心他们。周黎庵与我似更亲近，他编辑过的《古今》《宇宙风》杂志，他的单行本，我均有收集。二十年前，周黎庵出了本《文饭小品》，老先生在"后记"里写了几段话，今天看来，好像量身定做给我撑腰的：

　　　　想用"文饭小品"这个书名名我的杂文集，这已是第三次了，前两次都遭出版者的否决，说是太黯晦，有妨销售，只好改用他名。这次得以如愿以偿，是件愉快的事。

以"文饭小品"四字作为书刊之名，在本书也是第三次，最早是三百多年前明、清之际的王思任，……

第二次用"文饭小品"作为期刊名称的，是三十年代施蛰存和康嗣群两先生所办的杂志，我曾为之撰稿，可惜只出了三期便终刊了，但我一甲子之后还记得这本好刊物。

这次使用这四个字命集，并无深意，只是取其"以文为饭"而已。生丁不辰，命运多舛，家人友好相聚之日少，孤饮独酌之时多，枯寂之余，养成一种奇特的习惯，即是左手持杯，右手执笔，十多年来祸枣灾梨，所写的文字，多是在这种情况下涂鸦而成的。……

王思任（1574—1646），明末文学家、殉节官员。字季重，号谑庵，山阴（今浙江绍兴）人，曾撰《谑庵文饭小品》。周作人尝云："民国初年我在绍兴城内做中学教师，忽发乡曲之见，想搜集一点越人著作，这且以山阴会稽为限。然而此事亦大难，书既难得，力亦有所未逮，结果是搜到的寥寥无几，更不必说什么名著善本了。有一天，在大路口的一家熟识的书摊里，用了两三角钱买到一本残书，这却很令我喜欢。书名'谑庵文饭小品'，山阴王思任著，这只是卷三一册，共九十四叶，有游记二十二篇。王思任是明末的名人，有气节有文章，而他的文章又据说是游记最好，所以这一册虽是残佚，却也可以算是精华。"

《文饭小品》杂志出六期止，周黎庵说三期是记差了。我一九九三年冬得四期于中国书店，正准备付款（八十元一册，总计三百二十元），却被官大一级的店领导按住，喝止："这杂志怎么能卖这么便宜，不行！"如今我虽然已收集齐全份《文饭小品》，又用这个作书名，想起的仍是挥之不去的令人不快的往事。

平生烟酒不沾，周黎庵所云"家人友好相聚之日少，孤饮独酌之时多"的意思自忖尚能领会，自己亦离此境地不远了。人过六十之年，忆往怀旧便多，可是自忖没有资格作回忆录，于是想起一法，近年所作之书，每书均塞一两篇带有回忆性质的文字，本书亦不例外。

谢其章
二〇一八年九月二日

目录

粉郑逸梅，粉《永安》

我是郑逸梅粉，理应粉《永安》杂志。

八十年代成家立业，小娃不那么拖累之后，我的心思转移至阅读闲书。看似漫无目标的泛读闲览，实际上有一个排除的——凡是课本上死记硬背过的作家和课文，不再是我的菜。用一句粗俗的话来形容我的逆反阅读，"家花不如野花香"。

最先进入我"闲览必读"的是郑逸梅先生（1895—1992）。要说知道郑逸梅，于我而言，仍旧得益于那些民国鸳鸯蝴蝶派期刊，"无白不郑补"，诚非虚言。八十年代后期，刮起了一小股"郑逸梅热"，郑老也进入了写作与出版的"第二春"，郑老的书不是一本本地出而是成片地出，我竟全部购读。伴随"郑逸梅热"而来的除了"补白大王"这个称誉，还有一点当年并没引起读者注意，郑逸梅或许是推动持续至今的"收藏热"的一股个人力量。当时报纸杂志上是找不到"收藏"两个字的，只有在郑逸梅的文章里频繁出现，郑老亦坦诚本人乃"集藏癖者"。

我是郑逸梅粉，曾经冒冒失失地写往"上海长乐路 郑逸梅先生启"，居然得到了郑老的回函，虽然一页纸只是稀落的几行字，于我也是极大的满足。

粉郑逸梅者，早已有之。《永安》的作者徐清秋于《求书散记》里写道："每阅刊物，其中载有郑逸梅先生之小品，必先睹以为快，郑氏文字，景慕已久惜未识荆为怅。因读郑氏小品，而引起余阅购小品文字之兴趣，如晚明之小品集，与近代之小品选集，搜获不少。"

郑逸梅所著《民国旧派文艺期刊丛话》（1961），一直是我案头书，也是我搜刊指南。拙作《终刊号丛话》只有我心里明白乃模仿之作（用现在的话来讲，乃"致敬之作"），所以编辑试图将"丛话"改为"杂话"时，我气极败坏地反对。郑逸梅所列113种旧派文艺期刊，我每搜得一种，便画上一个红勾，至今已画有60多个，成绩不坏。近期有计划将这60多种"鸳蝴"杂志仿郑逸梅"提要钩玄"法，写成一本小书，书名也定下了，《永安》姑算作其中一篇。

《永安》全称《永安月刊》，这是封面和版权页一致明确的，这点细节往往被忽略，如果图书馆著录的话，应该录全"永安月刊"而不能图省事以"永安"相称，以免与含"永安"两字的《永安乐社义演特刊》《永安戏院开幕特辑》《永安期刊》等杂志混淆。我碰到过封面称"读书"，而版权页称"读书杂志"这样的情况，也碰到过《良友》画报与《良友画报》的情况。实际操作中，这个小的版本细节危害性极小，因为你经常接触实物，便不会搞错不会花冤枉钱。倒是某些学者很容易"望文生义"而搞出笑话。

郑逸梅将《永安》划进"文艺期刊"的筐里，那么《永安》就算纯粹的文艺期刊吗？事实上还真不是那么回事。用今天的话来说《永安》实乃"企

《永安月刊》创刊号（1939年5月1日）

《永安月刊》第二期（1939年6月）

业行为"，因为《永安》的背景乃"上海永安有限公司"，简称"永安百货公司"。看看《永安》首页的宣传词："统办环球货品，推销中华国产。"再看看它的自我介绍："永安公司为中国最完备之百货商店，分类营业，包罗万有，举凡日用所需，及珍奇物品，无不搜集美备，尤以货色宏博，定价平准，为顾客所称道。"

"永安百货公司"1918年在上海创立，它的前世今生，就是一部中国"百货美备"商业经营模式的兴衰史。"永安百货公司"在上海人民心中的地位，也许只有北京的"王府井百货大楼"差可比拟。上海南京路上当年矗立着"四大百货公司"，另三家是先施公司、新新公司、大新公司，为什么只有永安公司想到了硬性广告之外的"软性广告"——办企业杂志，到底棋高一着，既名垂商业史，又在文化史上占了一席之地。

另外一着高棋，由于《永安》的商业背景，因此少了许多政治的、意识形态的麻烦，《永安》自1939年至1949年，历经上海沦陷、抗战时期、日本投降几个历史关卡，连续出刊118期，创下文化期刊史的一个奇迹。

《永安》是"永安百货公司"的"企业文化"的展现平台，若想把"商业搭台，文化唱戏"这出大戏演好，精明的上海商人早已有了准确的定位。既然是"软性广告"，那么瓢子里装的也必须是"软性文化"。于是，"沉渣泛起"，早已被新文化运动打得落花流水的"鸳鸯蝴蝶"旧派文人，借着《永安》这块宝地又还了魂。苏州黄恽称："郑逸梅一向是旧派文人，他交游圈子里如顾佛影、陈蒙庵、白蕉、徐碧波，还有侦探小说家程小青，章回小说作家顾明道、张秋虫、许啸天等都聚集到一起，为《永安月刊》写稿，一时间《永安月刊》几乎成了旧派文人的大本营、俱乐部。不过，《永安月刊》也提携一些无名的年轻人，发表他们的散文与小说，成为爱好文艺的年轻人发表作品的园地。"

实际上，郑逸梅迟至《永安》出到第37期才应邀加入，主编一直是郑留，最初我曾误以为郑留即郑逸梅，幸亏未写进文章里。郑留生平不详，只知"少孤，家渐贫"。郑留乃永安公司广告部主任，喜好文艺，曾办过几个小刊物，即生即灭。这次机会不错，郑留遂与广告部的几位同事向永安公司老板郭琳爽（1900—1976）建议办个刊物。郭琳爽不愧为大企业家风范，不但答应创办刊物，而且给钱给权，主编郑留一干到底，也体现了大公司用人的宽宏和胆略。

有一个小花絮，我也是刚刚知道的，《永安》创刊号的封面女孩"郭志媛小姐"竟是郭琳爽的千金，这倒是"举贤不避亲"呀。

我喜欢《永安》里偏重于资料性的文章，如《民初之绝版小说》《漫谭画报——从"永安"百期想起》《六年来的杂志潮》等。也惊喜地找到一些人物照片，如"美人鱼"杨秀琼几幅来自香港的"婚后生活一斑"；四十年代的"美男"演员白云（原名杨维汉，1918—1982）曾与多位著名女演员传出绯闻，《永安》留下了白云与上海犹太富商哈同的过房孙女罗舜华的结婚照。

《永安》真不缺心思缜密的读者，第二期刊出一帧人体美的摄影，题为

"出水芙蕖"，一般人也就一瞥而过，可这位读者（秦君）却给编辑来信，"以不引用第二期《叠云楼诗词抄》纪慨诗第六首后两句作题目最为可惜，否则更觉美妙生动，且现成贴切。编者认为秦君的细腻心思十分可佩，关怀尤为可感，谨此致谢"。（编后·编者）这一番"细腻"与"关怀"、"可佩"与"可感"引起我的好奇，找到第二期的摄影和纪慨诗，原来是这样的两句："野草接天山雨后，湿云新压两峰头。"这倒使我想起另一个相似的故事，《良友》画报名牌主编周瘦鹃，只干了不到十期（5—12期）便被青年才俊梁得所取而代之。导致周瘦鹃下课的原因有多种，其一我认为是读者来信。在《良友》第九期，以很大篇幅刊登了一封署名"绿江"的读者来信，语气犹如一颗炸弹："短篇文字中如先生的《穿珠集》等好稿不少，可是不见得有好处的稿也不少，如第六期简时雨君的《百闻不如一见》，拖泥带水而无意味，并用'刁拉妈'等广东下流语。又如第八期绡娟女士的《颤动的心弦》简直是一篇肉麻丑态的淫小说！就看这两篇，已令人不能不怀疑'半推半就'的淫小说，那么，谁肯把有价值的作品投来？"

　　我于《永安》用力虽勤，二十几年来也仅搜获六十几册，所幸一头一尾创刊终刊在内。《永安》并非如学者们所言"七十年后重新浮出水面"，也并非"上海图书馆也凑不全"云云。查期刊目录，收藏全份《永安》或仅缺两三期的图书馆有四五家之多，问题是公立图书馆不屑干选编这样的小事情，借用他们的底本似乎更难。听说民国期刊已进入"善本"之列，借阅的话只能竭尽眼力看"缩微"。《永安》的发行量是每期三千本，上海本地销二千七百本左右，上海之外是三百来本。这么多年来，我只在琉璃厂来薰阁书店二楼见过一整套的《永安》，售价两万。

2017年5月10日

柳存仁《四年回想录》

欲多知道一些上海沦陷时期文坛内幕，非得柳存仁（柳雨生，1917—2009）现身说法不可，偏偏柳存仁金口难开，自摆脱樊笼以后，便对那段历史讳莫如深，自己不讲，别人问起他也是不讲。其实你越是坚不吐实，别人越是好奇，我便是好奇者之一。那年月，文载道（金性尧）堕坑落堑之程度比之柳存仁强不了多少，可是金性尧勇于自省，"（朱朴）后来和黎庵合办了《古今》，朱朴是没有金钱和权势的，但因投靠了周佛海，经济上也有了保证，成为周门一个高级清客。我也是相差无几，后来是自甘附逆。作为《世纪风》的作者原是很清白的，作了《古今》的不署名编辑，政治上便有了泾渭之分"。（《悼黎庵》）

前些天与宋希於君聊起柳存仁具体是哪年离开大陆的，他的研究结论"上限是1951年"。非常之巧，宋君与我同在读柳存仁两文《我从上海回来了》和《四年回想录》（署"柳雨生"）。我的一位上海朋友也是好奇者，他建议我买柳存仁所著《外国的月亮》，里面一篇题为"巴金"的文章证明至少"1947年冬"柳存仁尚在上海，而且已是"自由之身"。

《我从上海回来了》乃日记体，连载于1941年1月和2月的《大风》杂志第七十六和七十七期。《大风》社长是简又文，主编陆丹林，主办地在香港，桂林设有分社。这两期为土纸所印，我怀疑是在物资匮乏的桂林印刷的，香港还没穷到这份上。日记"凡七天，（1940年）八月二十七日至三十一日，又九月四日、五日各一段"。柳存仁称"来港的印象当然大体上是极好的，特别是从孤岛回来的人，至少感觉到这里的空气非常的自由，情绪非常的兴奋"。柳存仁来港的目的很明确："我因为上海的环境日益恶劣，把一切安顿之后，决意到香港来。""我住在上海真是太苦闷了，苦闷了三年

紀果厂先生

柳雨生先生

張愛玲女士

譚惟翰先生(劇照)

周班公先生

1944年上海《天地》杂志，柳雨生照片

7

多，总想吐出这一面积压久了的闷气来。在学校里面上课，学生们常常喜欢发问：'柳先生！我们这一课"古书读法举例"究竟和抗战建国有没有关系呢?'这样令人踌躇的问题，是常常可以听到的。""今天是孔子诞日，在'孤岛'上是仅有八天悬旗庆祝的一天。好了！以后不一定要是今天，天天人们都可以看见灿烂无疵的光荣的国旗了。"

显而易见，柳存仁是忍受不了日本人的鸟气，一腔热血，无以报国，所以逃离上海奔往香港。本来香港只是个中转站，柳存仁在《四年回想录》里称："我到香港去最初不过是过路，目的地是赴湖南某地国立师范学院任职。"看来柳存仁很像《围城》里的李梅亭、顾尔谦、赵辛楣，接到了内地高等学府的聘书，不同的是柳没有赴教，从而改变了人生之路。

柳存仁在日记中称："是不是从香港经过那一条唯一的通内地的孔道——沙鱼涌——经过惠州，韶关，到湖南蓝田国立师范学院去呢? 是的，是的，我们应该不辞艰困的一块儿到内地去工作。"

我对宋君讲，这个柳存仁很有意思啊，忍不了"孤岛"的上海，却忍得了沦陷的上海，宋君称柳的父母都在上海呢。是呀，柳存仁在日记中写道："在小船上和岸上的人惜别时，父亲微白的头发在我的眼镜中看来，愈觉得花白了；母亲的眼睛微肿，却和正在揩着热泪的赐蓉相映。"（"赐蓉"是柳存仁的妻子。柳存仁于《古今》第十期的《谈自传》里曾写"民国二十九年夏，在沪，与上海姜小姐结婚，爱情弥笃，遂赴香港"。）

柳存仁于《四年回想录》更强调了这个理由："我于民国三十一年五月八日回到上海，恰为香港战事后的五月。……上海虽不是故乡，却是家人父子团聚的所在，几个月不通家书了，重因亲老弟幼，终于经过相当的厌倦和艰殆的旅途，返到自己的家里。"

柳存仁刚到香港，就谋到一个"香港政府文化检查官"的差事，迅速地融入了香港文化圈，旧雨新知，席不暇暖。当时有很多知名文化人士避难到香港，文化人聚在一堆，知识分子的臭毛病便泛滥开来，柳存仁也加入了笔

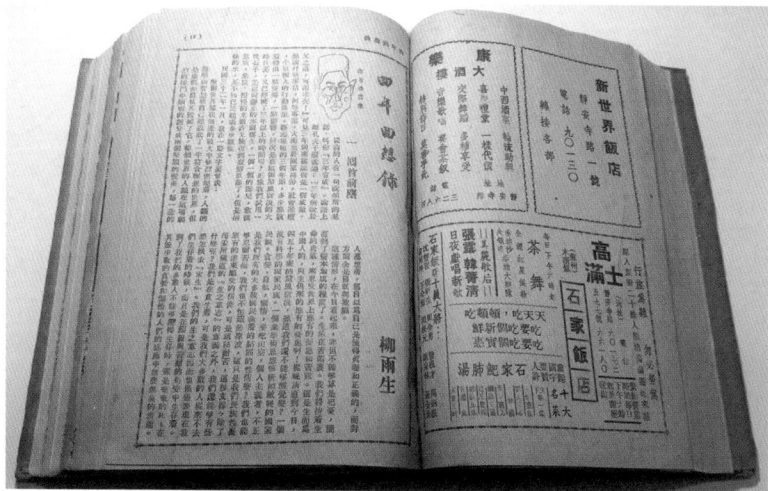

柳雨生《四年回想录》载《光化》杂志第二期（1944年11月）

仗，笔仗对手竟是邹韬奋、沈雁冰、范长江这样的大名头。柳存仁回到上海后将笔仗之前因后果写入《四年回想录》，多少显得有那么一点儿自我标榜。

1940年8月29日抵达香港，1942年5月8日回到上海，中间是二十个月，柳存仁所说"香岛十八月"对不上数呀，原来柳存仁1942年3月到广州小住了两个月。

《四年回想录》刊在1944年11月《光化》杂志第二期，"编者按"云："《四年回想录》并非私人的琐事忆念，乃是四年来港、沪、京、平文坛一角的实录，也就是将来'文坛史料'之一。"此文附有的照片，现在看来都是珍贵的合影，其一，"民国三十年夏摄于香港。后排右首第二人起，徐迟、徐诚斌、叶灵凤、戴望舒。前排左首起第一人林憾庐，右为柳雨生"。徐迟的自传《江南小镇》第四部（1938—1946）与柳雨生的经历有交集，却没有提过柳雨生的名字。其二，"知堂先生在苏州。前排右起，柳雨生、陶亢德、周启明、汪馥泉、杨鸿烈。后排沈启无、龙沐勋"。可惜由于杂志制作的原因，均极其不清晰。

此文关于沦陷时期的上海文坛，柳存仁就他所参与的那一部分，除去"核心机密"，毕竟谈了不少，我们所抱怨的是他河清海晏之后的三缄其口。事实上三缄其口的当事人并非柳存仁一个，上海有，北京也有。

　　柳存仁于风雨如晦的"香岛十八月"，也有极其轻松的闲暇，我就在《大风》（第九十、九十一期）上读到他的译作《明代的彩色印刷》，想起巴金说的话："事实上像那用一千八百元的代价买来的《金瓶梅词话》对于现今在生死关头挣扎着的中国人民会有什么影响呢？"

2016年8月11日

谁撕了张爱玲的《天地》?

不是"撕",也不是"扯",好像是剪的。

前几天与朋友聊天,他说起网络上有旧书店出售一个合订本《天地》,价钱倒不贵,就是每期都有撕页,他犹豫买不买。我知道这个朋友买书有"洁癖",与陶湘正同,"往往一书而再易三易,以蕲惬意而后快"。这回《天地》的问题不是一般的严重,朋友的犹豫其实已下了不买的决定。

我与《天地》自是不一般的感情,回想起追索它的过程,好比怀念逝去的青春。

一开始是中国书店的老店员,卖给我前16期。当时店里有全份21期的合订本《天地》,价二百元,在那个年头要算很贵很贵。1995年,我的《天地》还是不全,而此时合订本《天地》涨价到了一千五百元。我写了这么句话:"我尚下不了狠心买合订本以成全璧,今已一千五百元,再也买不起了。95.2.4夜。"

1999年8月5日,好友国忠兄在潘家园旧书摊不多不少买到《天地》我缺少的后面5期,成人之美是国忠的一大优点,历经十年,我的《天地》齐全了。集攒民国期刊,好像一个一个永远画不完的圆,好不容易画圆了一个,还有更多的圆等着圆。

我听了朋友的指点,上网去一睹"每期都有撕页"的《天地》的真相。事前我猜想撕页的原因,第一个就想到了"政治"原因,周佛海、陈公博及周佛海夫人杨淑慧是《天地》的头牌作者,不大肯定,周、陈各只写了一篇,"周杨淑慧"只写了两篇,不至于期期都撕吧。

得说明一句,这个《天地》是"1—14期"合订的,并非全帙。卖家非常诚信,将缺页的具体情况一笔一笔告知买家:

天地

第十四期

《天地》封面，张爱玲绘

第四期《天地》被剪掉张爱玲照片（可参照《柳存仁〈四年回想录〉》图片）

品相描述：仔细看图，创刊号品好，48页，完整不少页！其他期都有缺页！第2期少第43—48页；第3期少第19—22页；第4期少9—12页等；第5期少第19—26页；第6期少第13—18页；第7、8合期春季特大号少第15—20页；第9期少第7—8页；第10期少第5—12页；第11期少第15—18页；第12期少第13—14页；第13期少第9—14页；第14期少第1—8页。

正巧手边搁着我的《天地》，一本一本对比到底少了哪些。

"第六感官"突至，这些被撕掉的页码是否全部属于那个人——张爱玲？

创刊号没有张爱玲的文章，所以得以保全。

第2期刊出令胡兰成惊艳的《封锁》，43—48页，未殃及别的作者。

第3期刊出《公寓生活记趣》，19—22页，19页是谢刚主《忆四妹》页，20页才是《记趣》，被殃及。

第4期《道路以目》，9—12页，9页是尧公《沙滩马神庙》，被殃及。我前面说卖家诚信，卖家注明"第4期少9—12页等"，这个"等"指的原来是本期扉页的张爱玲照片也被挖掉了，杨淑慧被殃及。

第5期《烬馀录》，19—26页，前面殃及严束《电影与文化传统》，梁文若《减字木兰花》；后面殃及丁谛的《闲话商人》（上）。

第6期《谈女人》，13—18页，殃及郭则澄《吴永与〈庚子西狩丛谈〉》。

第7、8合期《童言无忌》，15—20页，殃及初华《剃头》。我要补充的是，本期还有一篇张爱玲的《造人》和张爱玲的绘画《救救孩子！》，逃过了剪刀。

第9期《打人》，7—8页，前殃及何之《废话而已》，后殃及周越然《〈红楼梦〉的版本和传说》。

第10期《私语》，5—12页，殃及虚心《杀头颂》，守默《片段》。

第11期《中国人的宗教》(上)，15—18页，这回殃及的是张爱玲本人，18页是《私语》更正。要补充一点，自本期开始"封面设计——张爱玲"。

第12期《中国人的宗教》(中)，13—14页，这回殃及的是苏青《浣锦集》广告。

第13期《中国人的宗教》(下)，9—14页，殃及正人《从女人谈起》。

第14期《谈跳舞》，1—8页，殃及吃书人《EDLBLE EDLTLON》及《传奇》再版的广告。补充一句，这期是"张封面"的最后一期。

现在回到一个重要的疑问来，谁剪掉了张爱玲？

有几个可能：1.张爱玲；2.书商；3.张迷。

我当然希望是张爱玲了——张爱玲为了出单行本，图省事，就从《天地》上把自己的文章剪下来。作家们一般都有这么个做法，何挹彭在《聚书脞谈录》中讲："但有两期《宇宙风乙刊》，毕君把自己的《松堂夜话》两篇，和《文饭小品》里的《小说琐话》扯去，大概不是敝帚自珍，便是将来为结集之用吧。"毕君即毕树棠(1900—1983)，著有《昼梦集》(1940年3月出版)。

不大像张爱玲剪的，因为这个合订本并非《天地》社的合订本，《天地》社是6期一合订，而这个合订本是14期订在一起。再说了，苏青与张爱玲那么熟，新刊一出必少不了给张爱玲，张爱玲犯不着剪完再合订。再说若是张爱玲剪的，她剪自己的照片干吗？另外，她不会粗心地漏剪《造人》吧。

我为什么说，不是撕，不是扯，是剪，因为我买下了这个《天地》(动机很美好，万一能证明是张爱玲所为呢)，细看那十几道茬口，无疑是剪刀所为。

很遗憾地排除了张爱玲。

书商的可能性有多大呢？这剪掉的十来篇，《封锁》收入小说集《传奇》，《公寓生活记趣》等八篇收入散文集《流言》，《中国人的宗教》未收集。《传奇》为《杂志》社所出，《流言》是张爱玲自己出版。《杂志》社剪的？可《杂志》社为啥剪非小说的散文呢？而且前面说了这个合订本不是《天地》社的合订本，《杂志》社剪了之后再合订，也不大说得通。所以不大可能是出版商剪的，剪者可能是盗版书商。

没有实据，只有推测。第三个可能是"张迷"（不会是唐文标吧？呵呵），这个张迷也许还是个"剪报爱好者"。曾经见过秦瘦鹃《秋海棠》的剪报本，《秋海棠》初于《申报》连载，"连载本"与单行本的汇校也是件有意思的事情。

2016年3月24日

李慈铭从"日记"到"读书记"

早年逛琉璃厂古旧书店，高高的书架顶上码着高高的一摞李慈铭《越缦堂日记》，线装书，所以用一张白纸条写着书名，从高处垂下来，隔着柜台也看得很清楚，如果是平装书，也许就真看不着了。垂下来的白纸条，没有标价，没诚心买的话不好意思询价。有一次，终于壮着胆儿问了，很贵很贵，又知道是影印的，那就"买不起"加上"不想买"了。也许李氏日记卷帙浩繁，所以一直没有排印本问世。

我对李慈铭最初的浮浅认知，除了这部日记，再有的就是鲁迅说过的两段话和不知出处的李慈铭关于藏书印的一段话。

鲁迅的一段在《马上日记》里："吾乡的李慈铭先生，是就以日记为著述的，上自朝章，中至学问，下迄相骂，都记录在那里面。果然，现在已有人将那手迹用石印印出来了，每部五十元，在这样的年头，不必说学生，就是先生也无从买起。"鲁迅将李氏日记归于"以日记为著述"那一类，并加以嘲讽，称其"不像日记的正派"。

鲁迅的另一段话是不是真的出自鲁迅本人，我不敢乱说。1948年6月《子曰》丛刊第二辑刊出歇翁（黄萍荪）文《鲁迅与"浙江党部"之一重公案》，黄萍荪由于虚构过《雪夜访鲁迅翁记》（载1936年11月第五期《越风》），再加上其他一些"污点"，所以在《鲁迅全集》的注释里及许广平的笔下，黄萍荪均背负"招摇撞骗"的恶名，所以黄萍荪在《子曰》的这篇文章里似真似假的与鲁迅面对面的在上海某酒楼的谈话，可信度大受怀疑。还有一个巧合，《越风》和《子曰》的主编都是黄萍荪，难免"自编自演"之嫌。我只负责摘抄，真伪由读者诸君自辨。

在酒楼上，靠窗坐下，（鲁迅写过《在酒楼上》，其中有云，"就在靠窗的一张桌旁坐下了"。）鲁迅要了一碟白鸡，开始从杭州谈到北平，从北平谈到绍兴，谈到李莼客，也谈到章太炎。鲁迅说："莼客的可爱处，全是穷与不遇所造成的，在他是不幸，在我们适沉浸其中，为之倾倒。他若出身富豪，得志宦海，少不了也是个沾满头巾气的俗物。"

饭后，话入本题，鲁迅居然答应我"腾其口说"。我请他写"李莼客论"，且预约翌岁春间，作湖上之游，遂尔分手。不意隔月即闻噩耗，音容有日，缅怀不已。

李慈铭关于藏书印的话据说出自他的日记："书籍不可无印记，自须色、篆并臻妍妙，故选不调朱，收藏家争相矜尚，亦惜书之一事也。""颇喜用印记，每念此物流转无常，日后不知落谁手，雪泥鸿爪，少留因缘，亦使后

商务印书馆1959年精装本《越缦堂读书记》

世知我姓名。且寒士得此数卷，大非易事，今日留此记识，不特一时据为己有，即传之他人，抑或不即灭去，此亦结习难忘者也。"

《越缦堂读书记》实为《越缦堂日记》的摘录本，出版者云："李慈铭是清末同光年间的一位文人，他从二十岁起就写日记，直到晚年，中间只有短期的间断。本书就是从他的日记中辑录有关读书札记的部分而编成的。"

我的存本是商务印书馆1959年出版的，布脊精装，上下两厚册，印数仅800套，定价5元9角。我十几年前买来时用去了300元，还是打了折扣以后的价。

"读书记"自"日记"中来，少不得留有"日记"的语气，如"早起""夜取某书""夜阅某书""是日北风劲寒，阅《论语类考》二十卷""以钱二百文于书铺买得茹三樵先生《周易三间记》三卷""亭午坐窗下看《唐书·元德秀传》，风来翛然，秋气满怀"等，随处可见。

有意思的是，李慈铭日记中有对同朝人日记的评点，读书记里有三则记录：钱大昕（《钱竹汀先生日记》）、郁永河（《采硫日记》）、臧庸（《拜经日记》）。其中钱大昕日记迹近李慈铭"读书记"，李慈铭称其"卷一所见古书，卷二所见金石，卷三策问"。

2016年6月20日

章钰四当斋藏书的归宿

爱书人往往记有书账，我体会书账的好处之一，是防止买重复了的书。书账不同于藏书目录，藏书目录的撰写自成一门学问，而书账形同流水账，买到一本记一本，并无严格的分类及格式限制。

早年间于厂肆买到民国二十七年燕京大学图书馆所出《章氏四当斋藏书目》，铅印，线装一函五册，四册为书目，一册为"书名通检"，也就是索引。

章钰（1865—1937），字式之，别署霜根老人，书斋名"四当斋"，含义颇为励志，"饥读之以当肉，寒读之以当裘，孤寂而读之以当友朋，幽忧而读之以当金石琴瑟"。

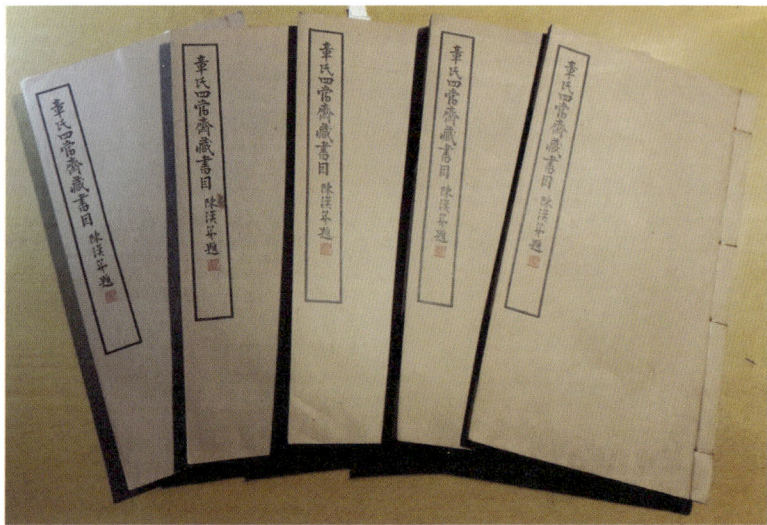

燕京大学图书馆1938年《章氏四当斋藏书目》

老子云："甚爱必大费，多藏必厚亡。"前句说的是生前，后句说的是死后。藏书实为人生至乐之事，但是"聚散无常"也是非常伤脑筋的，越是大藏书家越是伤脑筋。俗话"富不过三代"，藏书家也难逃这一规律，现代社会为藏书家的烦恼提供了一个较为理想的归宿——捐赠。

1937年5月9日章钰病故，所存书籍全数捐赠给燕京大学，双方订有《赠与及寄托霜根老人四当斋遗书契约》，契约置于《章氏四当斋藏书目》最前，这个做法在老式藏书目录中极少见。

契约分甲乙两方，甲方章王丹芬（章夫人），乙方私立燕京大学。

契约开头说明了捐赠的缘起："甲方 先夫霜根老人式之公，家寒立学，平时节衣缩食，遇有所馀，辄以购书，自念其得之非易，昕夕勤读，并以'霜根老人四当斋藏书'命其积年所集……先夫易箦遗言，即以藏书赠诸甲方，分配处分，由甲方定之。"

下面这几条说明这次捐赠并非"无所保留"，也为多年后的"再次捐赠"留下伏笔："甲方因念乙方学校之缔造，其艰苦正与甲方 先夫采集书籍相同，除略选留其手泽及善本书数种，暂行寄托乙方保管以备传诸后人外，其余悉赠乙方。"

捐赠分为"寄托""赠与"两部分：

一、霜根老人手订书、手抄书暂由乙方保管，但甲方得先期具函并加盖原约定印章，通知乙方，随时提回其一部或全部；

二、善本书包括旧刻本及各家抄本，自民国二十六年十一月一日起，在乙方图书馆内寄托五年，期满之后，继续寄托或改作赠与及由甲方提回，由甲方克期分别办理；

三、两类书籍所有之校语或未经刊行之本，乙方得先征得甲方同意，随时发表；但须载明"霜根老人手校"或"四当斋藏本"等字样；两类所规定者外，其余各种书籍，完全赠与乙方。

四、在不能抵抗情形之下，对于四当斋遗书可发生之危害，除由乙方充分防范外，甲方不得有所异议。

　　契约签订之时，北平已沦于敌手。1941年12月7日，太平洋战争爆发，日本占领军随即封闭了燕京大学。在这以后的岁月里，四当斋藏书的命运有惊无险，除极小部分遗失，大部保存下来，并于1952年10月分别捐赠给北京大学和北京图书馆，四当斋的结局尚称圆满。

2016年1月16日

梁得所"偶然的聚会"

前几天收到一份拍卖图录，看到一处有趣的"硬伤"，说到硬伤，多发生在书里或文章里，其实拍卖图录才是硬伤的重灾区。书及文章的硬伤，对读者造成的危害是轻微的无关痛痒的，甚至不妨轻松一乐，而拍卖图录则责任重大，买家需要根据你的文字介绍来决定是否大掏钱包。

这件拍品名曰"王小亭、魏守忠等所摄民国《大众》杂志原版照片一组（18张）1942—1945年"。拍品简介这么写的："此组照片收录了魏守忠、王小亭、赵林云、张进德、何绍祥、王钰槐、王子通等民国著名摄影师的原版照片18幅，内含风景、人物、静物等多方面内容，照片均附有大众出版社储藏封条，是民国摄影史上难得一见的实物。《大众》创刊于1942年11月，编辑兼发行人钱须弥，内容大致分为史地、科学常识、国故新知、文艺作品几大类。每期刊载少量的摄影作品，可读性极强，至1945年7月号后终刊。"

只要知道王小亭（1900—1981）拍完那张轰动世界的照片《上海南站日军空袭下的儿童》之后就在中国待不下去了，就会明白王小亭不会为四十年代的《大众》杂志提供摄影作品了。拍卖公司拿到的"照片均附有大众出版社储藏封条"的大众出版社，应该是1933年梁得所离开《良友》画报后创办的大众出版社及《大众》画报。

不必苛责拍卖公司，一位业内人士对我说："拍卖图录里的硬伤多了去了，一个中等拍书的公司，一年四场拍卖，至少要出四大本图录，大拍差不多400件拍品，小拍有时候上千件，一年差不多拍2500件拍品，每件都要写提要。而且有时间限制，一个人一天差不多要写12到15个提要。版本年代、册数、起拍价不出错，我们就阿弥陀佛了。"所以，拍卖开始之前，常有临时撤拍或改价的口头通告。

大眾

THE COSMOPOLITAN
NO.17 MARCH 1935
第十七期 三月份

March 11. 1935
Liushiu

300
每豆洋大洋

韜雲

上海大眾出版社出刊

《大众》画报封面　梁韬云绘

《大众》画报封面　梁韬云绘

梁得所在创刊之际跟读者来了个画报名字的有奖竞猜，猜得最多的是"大众画报"，因为是"大众出版社"举办的，这很容易猜对；猜得最离谱最好玩的是"得所画报"，连梁得所自己也笑了。

因为拍卖图录的小插曲，我找出了奋斗多年搜集齐全的《大众》画报，实地验证一下。看到第十一期（1934年9月）的这张大图《偶然的聚会》，想到以前写《漫画家的自画像》时用过它，但是这次有了新的发现，作一番小小的考索，既可证明拍卖图录之不确，也可得到另外之乐趣。

梁得所在图边有个旁白，以前未留意，今抄录下来："三四年初秋之一夜，光宇招饮于沪西某园，漫画名手一时满座，不常之盛会也。因请即席挥毫，获自画像合图一幅，归题'偶然的聚会'，藉志一夕之闲情。梁得所志。"

三十年代的文艺繁荣，掐头去尾不过五六年的光景，梁得所抓住了机遇，为我们留存了一本很棒的画报，文艺家的生活掠影也因为画报而得以活色生香地展现。

如今我对着画面作一点儿注解。"光宇"即张光宇，漫画界老大。群贤毕至，名单二十三人（未算梁得所）：黄苗子、张乐平、黄嘉音、刘开渠、郎静山、王钰槐、胡考、白虹、张英超、蒋汉澄、张大任、胡笳、伍千里、

T. S. Leung, the Editor　影近所得梁者編

《良友》画报时期的梁得所

《大众》画报时期的梁得所

叶浅予、鲁少飞、陆志庠、曹涵美、李旭丹、宗帷赓、王士元、王敦庆、张光宇、张正宇。

雅集来的不光是漫画界的名家，像郎静山、白虹、胡笳、刘开渠、伍千里、蒋汉澄等则各擅胜场，但是随手画上一笔也不是什么难事，郎静山以字代画"这是我的一百八十度的广角镜"；画个茄子难不倒演员胡笳；唱歌的白虹自画像蛮神似；摄影家兼记者伍千里是小学生水平；刘开渠也没高到哪去。画报的校对，百密一疏，张乐平写成了"周乐平"。

蒋汉澄，画报有专门之介绍："蒋汉澄君，除了照相，还能执笔作画，被北平协和医院聘为绘描专家，遇到奇难杂症，他总要视手术情形描出来，颜色位置十分准确，还得照样塑造'医学模型'（见《大众》十三期），做事以谨慎精细见长。"

摄影于三十年代尚属新兴的、时髦的玩艺儿，采用大量照片的《大众》画报曾被《中国摄影史》列入"摄影画报"而不是"文艺画报"。梁得所紧随潮流，前两年尚在良友公司任主编时便带领"《良友》全国摄影旅行团"征战大好河山八个月，并留下豪华巨制《中华景象》摄影集，这本集子于民国旧书里一直享有珍本的声誉，品相好的要值一万多元。

看看为《大众》画报提供照片的都是谁：王开（第一届全国运动会特约摄影者），伍千里（广州摄影记者），舒少南（汉口摄影记者），陈嘉震（济南摄影记者），郎静山（华社摄影名家），王小亭的身份是美国狐狸影片公司驻华特派员。

另有国际摄影新闻社，华北新闻摄影社，申报新闻摄影社，民声摄影通讯社，亚东摄影通讯社。

同时出现在拍品图录和"偶然的聚会"里的王钰槐，其身份也是"摄影记者"。

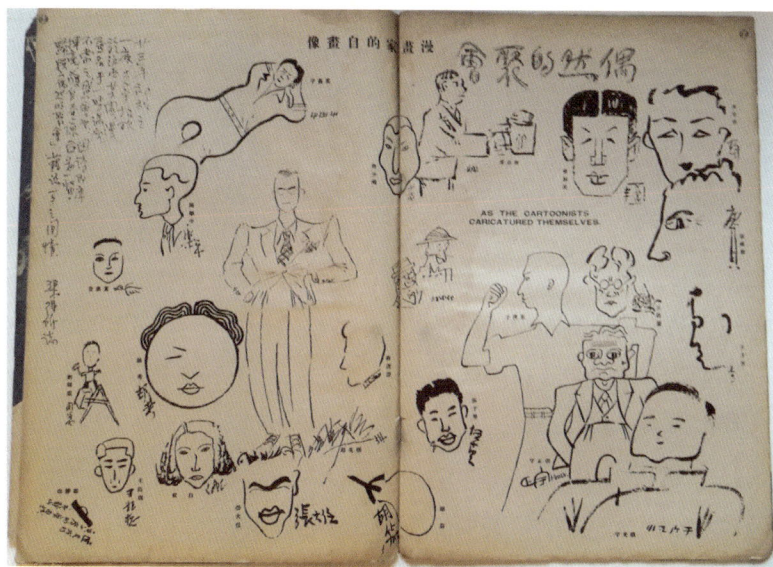

《偶然的聚会》：漫画家的自画像

　　四十年代的方型小杂志《大众》寒舍亦收存全份，如今深藏于柜内不方便取出来，就算取不出来，就现有的这点儿材料足可说明钱须弥绝比不了梁得所的人脉——上哪儿去找这么多摄影家？

2016年6月10日

熊希龄石驸马故宅小考

一

起手写这篇文章，先就犯怵，怵什么呢？看看瞿兑之（1894—1973）于《燕都丛考》序里是咋说的："居今日而谈故都之事者有二难：建置兴废，多据旧籍，而沧桑数改，陈迹已非，非一一躬履而目验之，不足以为信，一也；东京梦华，武林遗事，前尘梦影，一去无踪，求之闾巷黄骀，则语近齐东，说乖大雅，别白从违，莫知所可，二也。若夫博稽载籍，网罗旧闻，语必有征，信今垂后，此真今之有意著述者所宜急起而从事也。"此中"一一躬履而目验之"便无法做到，燕京史迹，多大门紧锁，或游人止步，或闲人免进。就拿我的母校石驸马大街第二小学来说，虽然贵为克勤郡王府，但挂上文保牌子也就近十来年的事，如今只能让你隔着玻璃窗张望几眼，稍久，就该轰你了。我心里说，别看如今修缮一新，雕梁画栋，当初这里的厕所，臊气冲天，少不更事的我独那股味道忘怀不了。

王府尊贵，门难进脸难看，尚情有可原，可是寻常百姓的故宅，寻踪查迹，一样遭遇"门难进脸难看"。写有著名小说《沉重的翅膀》的著名女作家张洁，敢说话，曾发表《不再清高》，怒斥出版商"拖赖欠"稿费的现象，声言必须"预付稿酬"，一手钱一手货，张洁是作家里第一人。

张洁绝对是作家中的另类，在一本集合了上百号名作家撰写的书《胡同九十九》里，张洁又发狠话了，张洁的题目是"寻找一条胡同"，看似波澜不惊吧；张洁是东北人，张母告诉她是在北京出生的，张洁十分兴奋："本以为我也可以找到一条属于我的胡同，我的院落，那我也就找到了一条连在北京身上的脐带。"张母去世后，张洁只凭着母亲所云"隆福寺后面的一条胡同，同院好像有个货郎，姓杨，人很厚道……"这一点儿线索，开始了寻访。张洁心想，"要是能在1937年的户籍本上找到姓杨的货郎，就能确认我们家的住址"。东四派出所的所长很支持张洁，可是1937年的户籍本已然残缺不全，只好转而指望在档案部门得到支持。

在档案部门，一位罗姓的女士再三盘问张洁，"以什么身份了解情况？""是私人写作的需要，还是公家给的任务？"这下把张洁惹火了：不明白这种毫无保密价值可言，一条死胡同的住户名册，有什么必要劳动档案馆，即便派出所，也没有这样不信任一个持有介绍信和个人证件的作家！

后来，张洁又转而求助城建处，得到热情耐心的接待，人家也拿出了这条胡同的地形图，可还是无法确定张洁出生的那个院子。张洁说："很遗憾，找来找去，我还是找不到一条属于我的胡同，一个属于我的四合院，我还是一叶浮萍。"

张洁最后的狠话，比之瞿兑之更沉重地浇灭了我们这班子"故都史迹爱好者"的热情：

> 我由此想到历史，想到考证。不过五十多年前的事，当事人的我就在这条死胡同"尽头"的弹丸之地，确认不了一个院子，那些几百、几千乃至上万、万万年的事，怎么就能确定如此、如此，这般、那般？
> 相信我今后不会再寻访凭吊任何人或任何事的遗物遗址。

张洁的话很像针对我正要写的石驸马王府说的呀，呵呵。

先扯上这两段题外闲话，无非是想说正是瞿、张二位的教诲，令我一直踌躇写不写谋划已久的熊希龄石驸马故宅。考虑再三，最后横下一条心，写！为什么不写呢！我在熊希龄故宅待了九年，虽彼时年少懵懂，可"亲历"这一条件其他作者难比呀。此外，我所掌握的材料足够撑起小文，当然，也许改个题目"我所知道的熊希龄石驸马故宅"，就不大会留下话把儿。

二

先不忙着介绍熊希龄（1870—1937）这位民国第一位国务总理，先说说这座石驸马府的来历。王府地处西单牌楼往南的石驸马大街路北，府西为南沟沿，沟上有桥名"石驸马桥"，我上石驸马二小的时候，途经这里的七路公共汽车售票员还习惯叫"石驸马桥到了！"其时，桥早已名存实亡。"文革"时，大革地名之命，这条街不是有个女八中吗，前身即鲁迅笔下"刘和珍君"的女师大，所以顺理成章地改名为"新文化大街"。风潮过后，有的地名恢复了，而"新文化"却永远顶替了"石驸马"。最近读了陈徒手《六七十年代，北京大改地名之内情》，才知道1965年就有人提议改掉"石驸马大街"的名字。"石驸马"怎么就这么不招人待见？

古时皇帝的女婿称"驸马"，明朝第五位皇帝明宣宗朱瞻基（1399—1435）非常疼爱自己的女儿顺德公主（1420—1478），这位皇帝亲自给女儿指定了驸马，这位驸马爷即"石璟"（1419—1479），并在今天的新文化街路北建造了驸马府，于是老百姓就把驸马府前面的这条大街叫作"石驸马大街"了。《明史》卷一二一《列传第九·公主》载："宣宗二女。顺德公主，正统二年，下嫁石璟。璟，昌黎人。天顺五年，曹钦反，璟帅众杀贼，擒其党脱脱。诏奖劳。成化十四年，奉祀南京，逾年卒。"

石驸马及石驸马大街的来历事实清楚，但是我有个疑问：明代的石驸马府是不是就是清代克勤郡王府的前身，或者说克府与石府只是同在一条街而已，因为这条街的路北不止一座王府呢，后面将会提到。

查侯仁之主编《北京历史地图集》，明北京城地图（万历—崇祯，1573—1644），有石驸马街，但路北的几块疑似王府的地盘未标明是啥。再看乾隆十五年的北京城地图，石驸马街的名称不见了（街在，不标名称），在今克勤郡王府的位置标署"平郡王府"。到了宣统年间的北京城地图，同一位置，石驸马大街和克勤郡王府同时出现了。民国六年的京城地图，这两个称谓未改变；民国三十六年，这两个称谓也没变（事实上这个时候克府早已改换门庭成了熊府）。如果"以图证史"可以相信的话，石驸马大街因石驸马府而得名是准确的，至于石驸马府的确切位置却得不到地图的支持。我担心有读者因为"熊希龄石驸马故宅"的题目，而错以为熊府即石驸马府，所以先得查验一番。

关于克勤郡王府的来历和具体地理位置的资料，其准确性和翔实性均远胜石驸马府，两个王府虽然同处一条街，但是在时空上却隔着二百多年呢，白云苍狗，沧海桑田，其间发生多少变幻，都是有可能的。这二百多年是这么估算出来的：顺德公主正统二年（1437）嫁给石璟，假设此时石驸马府已建成，那么等到了顺治年间克勤郡王府的建成（顺治在位18年，1644—1661），中间的年数只会多于二百而不会少于二百。厘清了石驸马府与克勤郡府，下面开始进入克勤郡府环节。

三

说来话长，简短截说吧。努尔哈赤1616年建立政权，初称"后金"，1636年改国号为清，1644年入关，1912年2月12日最后一位清帝宣统退位，清朝完了。想当初，创国大业，来之不易，论功行赏，应当应分。清太祖努尔哈赤（1559—1626），依军功卓越特为封王赏爵，一下子封赏了八位，这八位有功之臣全是努尔哈赤家族中人，多少有点"举贤不避亲"吧。不但不避亲，而且定了一条"世袭罔替"的规矩。什么叫"世袭罔替"呢？"世袭"好理解，世代相传子孙相传呗，大白话即太祖封给谁的王爵，谁的后代就世世代代永远是王爵。"罔替"的大白话即"永不废除"，所以后人戏称这八位王爷为"铁帽子王"。说到做到，这一规矩不折不扣（中间亦有降贬）地执行了三百来年，直至清朝覆灭。

这八家铁帽子王，有六位亲王，两位郡王。按《清史稿》的排序为：礼亲王、睿亲王、豫亲王、肃亲王、庆亲王、郑亲王、克勤郡王、顺承郡王。那么亲王和郡王有何差别？通俗地说，皇帝的儿子封亲王，亲王的儿子封郡王，从爵位上讲，亲王的等级更高些，爵位是世降一级，亲王的儿子降为郡王，郡王的儿子降为贝勒，再往下依次为"贝子"等。

回到本文的克勤郡王，第一代克勤郡王叫岳讬（1599—1639），是礼亲王代善（1583—1648）的长子，也是太祖努尔哈赤的长孙，真正地"根正苗壮"焉。1636年，清太宗皇太极（1592—1643）封岳讬为成亲王，岳讬功高遭忌，曾被连降三级，沦为贝子，可见"铁帽非铁"，底线是不能触犯的。1639年，皇太极点将岳讬率军攻打济南，以贝子的身份带兵打仗，差点儿意思，于是给岳讬升爵一级为贝勒，领扬武大将军衔。大军兵临济南城下，胜利在望，岳讬突然染疾暴毙。皇太极悲伤之中没忘了追封爱将岳讬为克勤郡王。

下面是岳讬克勤郡王世袭表的简要内容：

成亲王(克勤郡王)岳讬，和硕礼烈亲王代善长子。葬于辽宁省沈阳市城南五里白塔之西。

衍介郡王罗洛浑，岳讬长子，1639年袭爵。随父伐明，克松山。顺治元年（1644）随师进京。顺治三年（1646），协助肃亲王豪格征四川，死于军中。葬于北京复兴门外木樨地五统碑。

平比郡王罗科铎，罗洛浑之子，1648年袭爵。顺治八年（1651），改封号为平郡王。顺治十五年（1658）随信郡王多尼（豫亲王多铎长子）征云南，屡破明将李定国、白文选。死于康熙二十一（1682）年，葬于北京复兴门外木樨地五统碑。

已革平郡王讷尔图，罗科铎之子，1683年袭平郡王。康熙二十六年（1687）殴人致死及折人手足，削爵。死后葬于北京复兴门外木樨地五统碑。

平悼郡王纳尔福，罗科铎之子，纳尔图之弟，纳尔图削爵后袭平郡王。纳尔福死于康熙四十年（1701），墓址不详。

已革平郡王纳尔苏(1690—1740)，纳尔福之子，1701年袭平郡王。康熙五十七年（1718）随抚远大将军胤禵收西藏，雍正四年（1726）坐贪婪，削爵。(按，纳尔苏为曹寅之女婿，曹雪芹之姑父。)

平敏郡王福彭，纳尔苏之子，纳尔苏削爵后袭平郡王。雍正十一年（1733）授定边大将军，率师讨噶尔丹策零。死于乾隆十三年（1748）。(按，福彭为曹雪芹之表哥，乾隆幼年陪读，乾隆三年遭参奏。)

平僖郡王庆明，福彭之子，1726年袭平郡王。死于乾隆十五年（1750），无子。

克勤良郡王庆恒，郡王七代传人，纳尔苏之孙，1750年袭平郡王，乾隆四十三年（1778），复号克勤郡王。死于乾隆四十四年（1779）。

克勤庄郡王雅朗阿，纳尔图之孙，纳清额之子，1780年袭克勤郡王。死于乾隆五十九年（1794），葬于北京怀柔县北峪口村（亦称为车王坟）。(追封纳清额为克勤郡王，与二世罗洛浑、罗洛浑之弟显荣贝勒喀尔楚浑、三世罗科铎、四世革爵纳尔图，一脉四代五人葬于北京复兴门外木樨地，因立有驮龙碑五统，故称五统碑。)

已革克勤郡王恒谨，雅朗阿之子，1795年袭克勤郡王。嘉庆四年（1799），因不避皇后乘舆，削爵。(因为挡驾而削爵，呵呵。)

克勤简郡王尚格，雅朗阿之孙，恒元之子，恒谨削爵后袭克勤郡王，1833年削爵。道光四年（1824）以病告退，死于道光十三年（1833），葬于北京门头沟冯村邓家坡"车王坟"。

克勤恪郡王承硕，尚格之子，1833年袭克勤郡王。死于道光十九年（1839），葬于北京门头沟冯村邓家坡。

克勤敏郡王庆惠，承硕之子，1842年袭克勤郡王。咸丰八年（1858）任正黄旗汉军都统，咸丰十年（1860）第二次鸦片战争中，英国谈判代表巴夏礼被清政府扣押，庆惠释之。死于咸丰十一年，葬于北京门头沟冯村邓家坡。

克勤诚郡王晋祺，庆惠之子，1861年袭克勤郡王。任都统、领侍卫内大臣。德宗光绪大婚加亲王衔。死于光绪二十六年（1900），葬于北京房山北上万村西。

克勤顺郡王崧杰，晋祺之子，1900年袭克勤郡王。死于宣统二年（1910）。

克勤郡王晏森，崧杰之子，1910年袭克勤郡王。(这位末代郡王晏森，下面要重点谈谈他，就是经他之手将祖宗留传下来的王府卖给了熊希龄。用北方话讲晏森，完犊子，败家的玩艺儿。)

岳讬这一脉一共传了十三代，一位成亲王、一位衍僖郡王、六位平郡王、九位克勤郡王。顺治八年（1651），罗科铎改号平郡王，此后子孙一直以平郡王袭封。至第九代袭王庆恒袭爵后，乾隆四十三年（1778），重新评定开国诸王的功勋，恢复了克勤郡王爵号，一直到最后一个克勤郡王晏森，未再改号。我前面所说的乾隆京城全图中突然冒个"平郡王府"，这里就算给了个解释。

石驸马大街的克勤郡王府，建于顺治年间，具体哪年，失考。《北京市重点文物保护单位登记表》称："此府应当是清朝入主北京后，于顺治年间由岳讬子孙创建。"清史专家冯其利称："克勤郡王府为清廷分封给岳讬子孙的三处宅第之一，规模最大，地处西城石驸马大街路北，东侧与平比郡王罗科铎第三子诺尼的贝勒府为邻，西为南沟沿，北府后墙隔着一条胡同为铁匠胡同。克勤郡王的后裔把克府称为西府，把贝勒诺尼府称为东府。这两座府邸是曹雪芹定居北京后经常走动的地方，或许还是曹雪芹《红楼梦》里荣宁二府的雏形。"(《寻访京城清王府》)

四

晏森于民初将克府卖给熊希龄，具体哪年卖的，卖了多少钱，遍查资料，均语焉不详。现在只能推断卖房时间的下限是1918年，依据是《熊希龄传》附录《熊希龄生平主要活动年表》中的这一条："1918年4月18日，邀同旅京湘人，在石驸马大街本宅成立湖南义赈会，任会长。"

1918年4月能够在熊希龄石驸马府成立义赈会，会不会在1918年之前已经完成了买卖克府手续？顺着这个思路，果然又找到了几条资料，将下限又推到1917年10月。据长沙《大公报》1917年10月8日载熊希龄电文《通告就职督办京畿一带水灾河工善后事宜电》（1917年10月5日）："各省督军省长，各护军使，各镇守使，武鸣陆巡阅使，琼州龙督办，各督统，库伦办事公署均鉴：希龄奉命督办京畿一带水灾河工善后事宜，并于十月十四日就任，在北京石驸马大街设立办事处，特此奉闻，并请转饬所属，一体知照。熊希龄　歌　印。"另外两件《通告就职致直隶京兆各县知事电》（1917年10月5日）、《报告天津分设办公处暨开办日期呈冯国璋文》（1917年11月1日），均有"石驸马大街设立办事（公）处"字句。

1917年10月是不是下限呢？再来分析《燕都丛考》作者陈宗蕃（1902—1954）的说法，他写道："克王府今尚在，民国三年间，中华大学赁居于是，予在此任教者几二年。嗣归长沙熊公秉三设矿务局，其后又改为太平湖饭店。今已停闭，渐成荒废。克王之后裔，闻已沦为饼佣，可哀矣。"

民国三年，即1914年，克王府租给中华大学，陈宗蕃在这教务近两年，即1916年间，随后克王府归了熊希龄。如此说来，1916年，有可能是晏森卖王府给熊希龄的时间。《燕都丛考》成书于1929年（分一、二、三册陆续出版），离1916年不过十来年的光景，陈宗蕃又在克府里待了小两年，所以陈宗蕃的记述具有"亲历"的可靠性。隔着这段话仅几页，陈宗蕃又写道："太平湖醇邸，民国三四年间，王君揖唐赁为中华大学，今为民国大学。"醇邸，即醇亲王府，光绪皇帝出生之地。1949年之后，醇府一分为二，好的一半作了中央音乐学院，次的一半作了三十四中学，我在这儿上了三年学，体育课经常就是围着太平湖跑圈，"文革"中音乐学院批斗刘诗昆（钢琴家），我在现场。醇府与克府同在一条街，相隔也就三四里地吧。中华大学有可能1914年于克府只赁了一年，到期后转到醇府接着赁。1929年《北平市全图》醇府的地标上标有"民国大学"。

从1918年为上限，推到1917年，又推到1916年，这三步是我写此文时的真实推算过程，我不愿意隐瞒这个过程，这是我真实的水平。很快，1916年又守不住了，确凿的时间（材料）其实就在手边，我完全可以将前三步的演算过程删除掉，直接写结果。转念一想，删掉多无趣呀，我不愿做一个乏味的考据者。

从1913年7月13日到1914年2月12日，熊希龄只当了不到一年的国务总理，被权术国手袁世凯玩得个焦头烂额，却仍不失报国之志，宣称"卸任国务，即不与闻政治，专以实业韬晦"。所以卸任后没几天，袁世凯委任他为总统府高级顾问，他不从；可是3月3日袁请他筹办全国煤油矿事宜，他却没有拒绝。5月26日袁又任命他为参政院参政，他也没有拒绝（实际上参政相当于总统府高级顾问）。1914年2月熊希龄将家眷从秦老胡同新居迁往天津孙宝琦（1867—1931）的旧寓，不理会袁世凯让他携眷移居北海的命令。未久，熊希龄又举家迁回北京，走马上任"煤油督办"，3月19日，国务院给熊希龄送来"筹办全国煤油矿事宜关防"的大印。大概三四月间吧，熊希龄从晏森手里买下了克勤郡王府，并且将"筹办全国煤油矿事宜处"从三海内国务院的临时办公所，移往石驸马熊宅，也就是陈宗蕃所说的"矿务局"。

现在可以确认"1914年春"为晏森与熊希龄买卖克勤郡王府的时间了。

克勤郡王府当年可是三进院落且带东西跨院，空间广阔，所以熊希龄一家可以不受干扰地在后院孜孜地过日子，前府及左右院尽可以挪作他用，后面还会详细说说"他用"——都派过什么用场。别的不说，我在克府上幼儿园上小学，那时东西跨院已不属于王府而沦为民房了，但仅存的中府仍能容纳千余名叽叽喳喳的小孩子，你说够有多宽敞。

买方熊希龄，就能查到这个程度了。卖方晏森呢，查来查去综合为这几条线索吧：

1. "民国初年卖郡王府于民国总理熊希龄，搬至复兴门宗帽胡同居住。因生活无度而破产，只好到街上拉洋车，1931年9月北平报刊刊出'铁帽子王拉洋车'的新闻，其地位已微不足道。卒年不可考。"

2. "（前同上）溥仪在东北成立伪满州国之后接他去了长春，日本投降后，情况不详。"

3. "清廷逊位前一年即1910年初，14岁的晏森成为第十七位克勤郡王，领了两年俸禄之后，朝廷逊位，晏森便开始变卖祖业度日。克勤郡王卖祖业与其他王府不同，其他王府多是先典当祖上传下来的古玩字画，最后无奈才打王府的主意。但是克勤郡王晏森不同凡响，一出手便是卖王府，而且出钱买王府的是当时的民国国务总理熊希龄。（略）可王府卖了多少钱却鲜为人知，熊希龄这边不透露，晏森也守口如瓶。有人猜度，没卖十万也得八万。当然也有说没卖几个钱的。前一个猜度是依府而估，在众多的郡王府中，位于西单石驸马大街的克勤郡王府占地最多，规模最大，堪称郡王府之最。后一种猜度也有道理，晏森卖了王府怀揣十万大洋，为何紧接着第二年又卖了田村的祖坟（买家是内务府的钟扬家）？过了两年又卖了怀柔的祖坟（两处坟地的上万棵松树，卖给了木厂子）？"

4. 资料来源同上："（晏森到了长春之后）……在晏森自觉无趣想转回北京之际，一位御前侍卫专程请他入宫，去的时候空手，回来的时候提了个箱子，第二天他离开了旅馆，自此，末代克勤郡王晏森人间蒸发了。有推测说，溥仪没权给他官职，就赏了他不少钱，但附有条件，不能再抛头露面当车王。"

5. 资料来源同上："平心而论，说晏森是败家子着实有点冤枉，卖这些祖业时他还不足二十岁，究竟是谁个谋划，谁个运筹不得而知，晏森确实有如前台的木偶，仅凭他一个大孩子怎么能跟熊大总理、张少帅（按，张学良买走了克郡王福彭墓前的'御赐驮龙碑'，拉回关外，后来立在张作霖墓前）搭连上？再者，看他当'骆驼祥子'的下场，卖王府卖坟地的钱没落在他手了，说不定连过路财神都没当上。"

以上诸条，虽然基本的几项事实大体一致，唯皆不注明材料出处，且多戏说语调，权作参考。

我翻查过《清代北京城区房契研究》（张小林著，中国社会科学出版社2000年9月版）里面的一千五百件明清房契，理所应当地没有找到我想找的材料，却找到了我曾经住过三十年的按院胡同的房契十数张。自嘉庆二十五年到宣统，按院胡同就没断了卖房买房，那年头倒腾房子也赚钱。不寄希望于克府的房契或租赁合同，会出现在某部书里。

五

熊希龄留给后世的名声，不仅是民国首任总理，更多的是慈善家的美誉。熊希龄做慈善，于公于私，皆倾尽全力，决不退缩。1917年，河北京畿洪水滔滔，泛滥万千里，灾民数以百万计，熊希龄挺身而出，主持赈灾，熊希龄与赵凤昌（1856—1938）信中表示："弟自隐津终养，决志不闻国政，此次目睹灾区惨状，心良不忍，且念出仕十余年，从未直接为民作事，愧对吾民。"故从今以后，特别是在此次水灾中，定当"勉竭驽钝，以当此艰难，亦冀稍赎政治之罪戾"。熊希龄接受大总统冯国璋（1859—1919）赈灾督办的任命，即刻在石驸马的本宅设立了督办处，并向全国各省发出请赈通电，自己率先捐出现洋500元，并"就家中所有新旧布衣，由内人暨小女等督率婢仆，亲自缝纫，即可得棉衣一百套，捐给难民"。

1920年秋，北直隶、山东、河南、山西、陕西五省发生特大旱灾，灾情之重，较之1917年的水灾尤甚，灾民饥民总数达三千五百万之众。熊希龄再次挺身而出，邀请慈善团体于石驸马本宅召集会议，筹商对策，并立即成立北方五省灾区协济会，推举黎元洪（1864—1928）为名誉会长，熊希龄任副会长。紧跟着熊希龄又邀请万国救灾会的各国赈灾委员，到石驸马本宅会商，决议成立"国际统一救灾会"。熊希龄奔走操持，游说各方，想方设法，救灾劳绩终显，多数饥民免于死亡之厄运。

熊希龄历次赈灾，解救了千万条灾民的性命，应该对熊希龄感恩感德的老百姓数也数不清，但是如此众多的灾民并不会记得熊希龄的名字。而熊希龄做的另一项特殊的慈善事业，惠泽的人数不及灾民之万一，却一直被那些人、那些人的后代铭记至今，他们亲切地称呼他"熊院长"。

1917年河北京畿水灾期间，熊希龄在北京设立了两所慈幼局，专门收容灾童，最多时达千余名，后陆续被家人领回，但最后仍有二百来个幼童无人认领，沦为无家可归的孤儿。熊希龄以长远计，谋划建立一个能容纳千余幼童且较为长久之地——慈幼院来收养教育孩童，就这么着，经与徐世昌（1855—1939）大总统和已逊位的前清内务府协商，1920年终于得以于香山静宜园建立了慈幼院，故名"香山慈幼院"。

香山慈幼院随着时局的动荡，几度化整为零，设立分院，甚至有远迁至广西、湖南、重庆者，唯总院一直坚守在香山。三十年代初，熊希龄又办了"昭慧幼稚园"，"昭慧"两字是在母亲吴氏和夫人朱其慧（1876—1931）名字中各取一字。幼稚园有好几处，其中一处在石驸马熊本宅后院。

我一介平民，有缘与熊希龄搭连上一点儿关联，也是因为香山慈幼院下辖的昭慧幼儿园。设园二十余年后，我这个不是孤儿的幼童沾了熊希龄的光，得以在石驸马熊府后院上了三年幼儿园，后院可是熊希龄的起居之所呀，我会不会隔着四十年的光阴却与熊希龄望着同一块天花板？记得在幼儿园时最不乐意睡午觉，在小床里总是望着高高的天花板遐想。从另外一个意义说，我与熊希龄更近乎了，熊希龄的侄孙女熊秀琴（1913—？）是我的幼

熊希龄故宅后院二十世纪四五六十年代一直作为幼稚园使用

1929年婴儿教保园在石驸马大街熊公馆成立，熊院长与师生、来宾合影。她在全国是独创的。

1929年婴儿教保园在石驸马大街熊公馆成立

儿园老师，我的幼儿园毕业评定署的是她的名字，"其章，性情活泼，讲卫生，懂礼貌，知十以内计算，近来对桌上游戏感兴趣。希望加强纪律性，以期升入小学"。这张橘黄色的毕业单我还保留着呢。

香山慈幼院的历史因1949年北平解放发生重大转折。1948年12月，中共中央派军代表以"劳动大学"的名义与院理事会雷洁琼（1905—2011）商议"借用"院舍及双清别墅，并答应妥善安置慈幼院千余儿童。一九五四年，香山慈幼院的新校舍在海淀区白堆子落成，"文革"后改名"立新学校"。历史总是存有冥冥之中的巧合，八十年代，我女儿在立新幼儿园入了两年"全托"。

顺带说一句，熊希龄于香山筹建慈幼院的时候，没忘了给自己建了座"双清别墅"。后人只知双清别墅曾经是毛泽东的指挥所（1949年3月25日—8月23日），并不知道房主是熊希龄。我游香山，总是先到双清别墅，现在这里陈列的照片跟熊希龄没有一毛钱的关系。我只能想象人往风微的一幕，

熊希龄故宅中院为石驸马大街第二小学使用，这张照片是1961年五年级优秀学生合影，二排右一是我姐姐

熊希龄夫人毛彦文（1898—1999）回忆蜜月的景象："五月初在石驸马大街二十二号本宅招待亲友及外宾，此为婚后来平初次大宴宾客。夏间往香山双清别墅避暑，数月劳烦，此时方得休息。每当月夜，君辄偕予乘椅轿赴山上各名胜处赏月，君之兴趣至浓，精神甚快。"我曾叹喟老百姓逛公园总是青天白日，游人如织，"人生三万六千天，却难得一个颐和园之月夜"。

1935年毛彦文与熊希龄结婚时，熊已65岁，长毛彦文28岁，一时传为新闻。我们今天能多知道一点石驸马熊府的内景，真得感谢毛彦文的记录："北平石驸马大街22号是秉的老家，倒是一切现成，只是陈旧不堪，大有破落户的景象。四年前朱其慧夫人逝世后，家中所有上好的银器、瓷器、陈设及地毯等，都被其家人拿走了。""朱夫人丧事办完后，秉着手整理家产。他把动产，如现款、公债、股票等分与两女（熊芷、熊鼎）。不动产如石驸马大街住宅，及其他房地产，悉数捐与他设立的'熊朱义助儿童福利基金社'，设立一董事会管理之。"

1930年熊希龄、朱其慧全家于北京石驸马大街熊宅合影。从左至右：大女婿朱霖、长女熊芷、熊希龄、熊泉、朱其慧、次女熊鼎及女婿冯至海。

1930年冬熊希龄全家石驸马熊宅合影

最要紧的是这一段叙述："再回头来说石驸马大街22号熊宅，……共分三部分：一部分是马车房，一部分是花园，一部分是住宅。满人落魄时把王府出售了。前两部分成为师范大学，住宅部分为熊家买下，共五进，占地十七亩。这是一幢宏伟的宅第，其第三进系一雕梁画栋的楠木大厅，为此宅最精华的部分。除五进正房外，还有许多附属房屋，我与秉住第四进，其余的由熊芷、熊鼎两家及亲戚、佣工居住。"

十七亩相当于一万一千平方米，而我所藏2001年《克勤郡王府修缮工程》，图纸上标的建筑面积是二千平方米，相差的部分也许是空地，也许是其他原因。熊希龄石驸马故宅1984年以克勤郡王府之名义，列入北京市重点文物保护单位名册。就算是以国家的力量，也只能无奈地宣称"原貌惜已难寻""王府已无原貌可考"，所握史料并不比私人强多少。

综合几条旧籍里关于熊希龄及石驸马故宅的记载。

1926至1937年《北洋画报》内有二十余条关于熊希龄（熊秉三）的记录，多为生活照，甚至有熊希龄漫画肖像。比较有意思的几帧，熊希龄夫妇与女儿女婿在北京中央公园来今雨轩喝茶（1927）；在石驸马宅招待梅兰芳等（1931）；香山慈幼院集体结婚（1936）；与毛彦文在青岛（1936）；赴爪哇前熊毛合影（1937）。

1935年12月《旧都文物略》(北平市政府秘书处编)内"坊巷略"有记"众院西为大明濠自宣武门外入水关南北直贯阜城门大街已达于西直门大街今已平为马路曰沟沿大街象方之南为抄手胡同小市昔颇繁盛北为头发胡同浸水河石驸马大街熊希龄居此师范大学文学院在此"。

1941年7月《故都变迁记略》(余棨昌著)有记"留日大高同学会在石驸马大街，为清克勤郡王祠堂故址，民国二十六年立"。

六

　　1937年12月25日熊希龄病逝于香港，此时神州板荡，燕都沦丧，毛彦文"继续君之遗业"，仍旧为慈幼院生计奔劳不辍，直至1945年10月，毛彦文才回到满目疮痍的北平，见到了一直坚守的慈幼院同仁。

　　毛彦文重返石驸马故宅，见到的是这样的情景："宅第前面已经改观，门前的两个大石狮子依然存在，只是大门没有了，改装了一排柜台，上面有'华北日报社'字样，骤看之下，几疑不是我的家。原来北平沦陷时，日本人把我们家前面两进房子改成'新民日报社'，在第一进与第二进之间的大天井，盖上铁蓬，作为印报的机器房，第二进楠木厅，这是本宅最精华的部分，作办公及屯积报纸处所。"

　　这段话里只说了一进二进的情况，没有提到后院的"昭慧幼儿园"有无变故，事实上不管哪朝哪代，对儿童的爱护，好像举世公德似的遵守，这座幼儿园一直安然无恙。前向居然被我找到一张昭慧幼儿园的老照片。

　　这段话里的"新民日报社"，实际上应是"新民报社"，《新民报》1938年1月1日创刊，该报接收和改组了北平沦陷前的《世界日报》《世界晚报》《进报》，名义上是华北最大的汉奸组织——新民会的机关报，实权则掌控在日本华北驻屯军报道组手里。新民报社除了报纸之外，另办有《新民报半月刊》(5卷22期之后易名《新民声半月刊》)。这两种刊物我均有收存，版权页上的"北京石驸马大街21号"，铁证如山地验实了毛彦文的描述。过去的大宅门经常有"一门多号"的情形，故22号和21号均属熊府，《华北日报》社址写的也是"西城营业所石驸马大街二十一号"。

　　不得不岔开一笔，往回说说石驸马大街21号的另一个"他用"。熊希龄无愧慈善家教育家的美誉，夫唱妇随，朱其慧亦是女流中杰出的教育家、慈善家。1922年朱其慧在青岛参观了晏阳初(1890—1990)创办的青岛青年会平民识字班，深受启发，决心投身平民教育。1924年5月，朱其慧筹组"中华平民教育促进会"，并与胡适之（1891—1962）、袁观澜等在上海讨论"平教普及全国"计划，被推为筹备主任。所有费用，由朱其慧自捐，会址设在石驸马大街二十二号家宅内。熊希龄称"余对于熊夫人之注重平民教育，则以石驸马大街临街大厦前进，作为平民教育促进会总会会所"。以后，朱其慧将河北的定县作为平民教育的试验区。

我喜欢的作家王向辰（1898—1968），号老向，与老舍（1899—1966）、何容（1903—1990）并称"论语派"的"三老"。那几年读老向在《论语》杂志的文章，内容多为农人农事，写得特别好玩，后来我才知道老向笔下的农村就是定县。老向在《孙伏园先生》的开头写道："七月二十八日下午二时，天气正极热，于北平石驸马大街二十一号（民间社）晤孙伏园先生，他正和瞿菊农、黎季纯两先生谈得笑容满面。"

平教会的会刊即《民间》杂志，我在版权页上也找到"北平石驸马大街廿一号"，所有的证据链，全连上了。

返回来再说说毛彦文的"楠木大厅"的遭遇。《克勤郡王府修缮工程》里载有这么一段文字："二进院有仪门三间，中间上方有一段焦黑的枋梁，说明此门曾一度被火。"毛彦文在回忆录中称："（1945年）大约十二月中旬，有一天早晨五时左右，家中女仆在我卧房门前大叫'华北日报火烧了！'"毛彦文赶紧询问华北日报社的职员，社长张明炜在哪里，只称找不到。她又赶紧打电话给北平社会局局长温崇信（毛在复旦大学的同事），请速派消防队来救火。由于救火不利，加之堆了许多报纸，楠木厅被大火烧塌。毛彦文打电报给南京中央党部宣传部长吴国桢（1903—1984）报告灾情（华北日报归中宣部管辖），未得回应。不得已，毛彦文与熊芷（与吴国桢在美是同学）亲赴南京见吴部长。这位傲慢的吴国桢只给了毛彦文五分钟的谈话时间，这五分钟毛彦文记恨了一辈子——吴国桢对熊芷："Nora(熊芷英文名)，这位是你的继母熊太太，是不是？"吴国桢对毛彦文："熊太太，你来是为了华北日报把你的房子烧了，可惜我很忙，只能跟你谈五分钟就要出席记者会议了。你如果要控告我们，你定会胜诉，只是冤枉花了一笔律师费，我们一分钱也不能赔的，五分钟到了，再见。"

至于熊希龄石驸马故宅接待过蔡松坡（1882—1916）等无数名流，以及克勤郡王府有可能是《红楼梦》荣国府的原型（见周汝昌《红楼梦新证》内"荣国府院宇示意图"）等等，我不想拿来为熊希龄石驸马故宅增重，但由此而增加的想象空间着实令人兴奋。

2016年8月30日

沈寂主编《巨型》杂志

抗战胜利之后，上海出版的文艺杂志，我有意收集了一些，品种不是很全，《巨型》为其中之一。《巨型》与《清明》《文艺复兴》相比，明显不在一个档次，可又比那些个八卦满天飞的"方形周刊"要严肃正经得多。我看中《巨型》的原因，一是价钱不算特别贵，380元；二是它的版式是我喜欢的那种，尽管是合订本（我以前说过不喜欢合订本），但是属于五十年代的制式，则另当别论，怎么瞧都舒心。

正巧日记里有买《巨型》的记录："2005年8月13日，星期六，湿热。七点上车，八点到潘家园市场，先去取了两本在孔夫子旧书网买的书，这种交货方式比邮寄要方便，但是得对上机会，买卖双方都得在北京。逛完旧书摊，一起打的奔琉璃厂，观中国书店的拍卖预展。中午六个人吃锅贴，我埋单，91元。六个人是全班人马了。吃完一同去遗产书店，新上了一批老杂志，皆为合订本。胡桂林购《天下》，500元。我购《巨型》合订本，另购日文《书斋漫谈》。小韩竟于书店门口摆古董摊，问咋回事，他说晚上于前门店值班（看门）。闻之唏嘘，怎么越混越抽抽。"

小韩实为中国书店老店员，师从第二代"杂志大王"刘广振，学得一身好本领，期刊目录滚瓜烂熟，我从他那配得过不少民国杂志。落魄至此，也许是缺乏处世之道吧。

民国杂志的当事人，能够活得足够长，活到可以发表回忆录，这样的幸事并不会落到多数人头上。沈寂先生是上海沦陷后期崭露头角的青年作家，著名杂志《万象》的最后一期居然是他编的，1946年主编《幸福》（《幸福世界》），1947年主编《巨型》，1948年参编《春秋》，可以说，沈寂是那几年上海文化期刊史的亲历者、见证人。事实也确如人愿，除了上海作家韦泱先

合订本《巨型》杂志

生持续不断地对沈寂进行采访，沈老本人也持续地回忆，共同为期刊史留下宝贵的第一手资料。

　　沈老的回忆真实而具体："抗战胜利后，我很忙，要挣钱结婚。当时编刊物的收入是每期的印数乘以定价，抽5%编辑费，我的收入相当于现在10000元左右。我还编《西点》杂志，请施蛰存翻译'二战'中的各种间谍案，内容非常精彩，改成半个月一期，我得版税4%，一个月五六千元。同时，我还挤时间编《巨型》，多少也有点收入。这样，我可以多挣一些。有的作家生活有困难时，我还多分给他们。比如我给施蛰存就多一些。"

　　这么生动的材料，打着灯笼也难找呀。

　　沈寂是多面手，写小说，编杂志，写剧本（香港大美女演员林黛主演过沈寂小说改编的电影）。除了作家朋友多多，沈寂的影剧界朋友也一样多多。

2016年1月4日

常书鸿敦煌大漠离恨天

我的朋友里有好几位与我一样，对敦煌藏经洞的故事很有兴趣。曾经问过止庵，他说有兴趣的，可惜是看了余秋雨的《道士塔》之后才知道的。也曾经问过藏书家韦力，你收集藏经洞的古遗物吗？他回答有，并且还是五米之长卷，而非指甲盖大小的残片。我的敦煌情思，有一部分来自我的经历，曾经在与敦煌的地理环境相差不多的青海德令哈待过两个寒暑，两地共同之处即"熇燥、寒肃、苍垠、邈远"，或用岑参诗喻之，"走马西来欲到天，辞家见月两回圆。今夜不知何处宿，平沙万里绝人烟"。

相对于历史好奇者，对于敦煌藏经洞（亦称石室）有兴趣，出了研究成果的不乏刘半农、向达、王重民这样的学者，也有张大千、常书鸿、谢稚柳等好多艺术家。前者侧重石室经卷，后者侧重洞窟壁画。

谢稚柳《敦煌艺术叙录》的前言，沉郁古茂，情文兼至，令人心驰神往：

> 一九四二年秋，余自重庆北游敦煌，观于石室，居此凡一载。敦煌石室，肇始于符秦时沙门乐僔，其后率相营建，以迄于宋。伽蓝灵胜，彩笔纷华，可谓盛矣。然而数百年来，谈绘事者，低徊于宋元楮素之间，半幅盈尺，一山一水，咨嗟赏叹，已争诧其希珍。求所谓六朝隋唐之迹，信同乎寻梦。此千壁丹青，千百年来，寝声掩燿，往哲云迈，阒其衰乎！石室在敦煌城南，中经四十里，冲风成阵，茎草不滋，黄沙弥望，广漠几千。既居久，无所取乐，常联十余骑驰骋于其间，沙风如虎，半日曝野，面色成焦墨，引以为笑乐。岁月忽忽，回首已七年前事，彩壁灵岩，凝想犹昨，每与朋好谈西北往事，因成此记，年来鬘犹未斑，而

思力先竭，不胜追忆，脱略谬误，殊不免耳。

读过情辞俱胜的这段话，我多少可以理解止庵所谓的"可惜"。

敦煌如艺术圣地，艺术家如朝拜者，他们追求艺术的诚挚虽然感人，但尚不足以感天动地。谢稚柳只不过在荒漠中待了一年，面孔连吹带晒黑黝黝了一层而已；"常联十余骑驰骋于其间"，难比"老夫聊发少年狂，左牵黄，右擎苍，锦帽貂裘，千骑卷平冈"的阵势。张大千的敦煌艺术之旅，留下的却是毁誉参半的评论，当年即有傅斯年等指出："敦煌千佛洞现尚保有北魏、隋、唐、宋、元、明、清历代壁画，张大千先生刻正居石室中临摹。惟各朝代之壁画，并非在一平面之上，乃最早者在最内，后来之人，于其上层涂施泥土，重新绘画。张大千先生欲遍摹各朝代人之手迹，故先绘最上一层，绘后将其剥去，然后又绘再下一层，渐绘渐剥，冀得各代之画法。冯、郑二君认为张先生此举，对于古物之保存方法，未能计及。盖壁画剥去一层，即毁坏一层，对于张先生个人在艺术上之进展甚大，而对于整个之文化，则为一种无法补偿之损失，盼教育部及中央古物保管委员会从速去电制止。"

有人说坏，有人说好，世之常情。常书鸿与张大千是同行，张大千离开敦煌之时正是常书鸿初来乍到之时，常书鸿很感激张大千临别所赠"寻蘑菇路线图"，因为"在敦煌莫高窟戈壁之中，没有什么蔬菜，天然的食用蘑菇更是难以发现，因此，各人如有发现都尽力不让他人知晓，以保障自己的来源"。

我前面所说感天动地者，常书鸿也；不胜唏嘘者，常书鸿夫人陈芝秀也。我同情和理解背弃常书鸿和孩子的陈芝秀。从某种意义上来讲，常陈都是"自私之人"，我并不认为常书鸿的"艺术至上"是多么高尚的挡箭牌。

常书鸿的女儿常沙娜在回忆录中写道："我是在法国里昂出生的。1927年，我的爸爸常书鸿从家乡只身去往法国，考入里昂国立美术专科学校学习。1928年，我母亲陈芝秀也到了里昂陪伴父亲，于是1931年有了我。"

人往高处走，水往低处流。那时候从落后的中国到号称艺术之都的法国，近乎一步登天。如果没有后来的变故，这个三口艺术之家也许就在法国扎根一辈子亦说不定，当然赶上"二战"法国投降，又是好几年的动荡。真如张爱玲所云："在这兵荒马乱的时代，个人主义是无处容身的，可是总有地方容得下一对平凡的夫妻。"

容得下的前提是"他不过是一个自私的男子，她不过是一个自私的女人"。然而常书鸿一次偶然的闲逛，于巴黎塞纳河边旧书摊看到一本《敦煌图录》，立即被敦煌的神秘和敦煌的艺术搞得心神不属，就此改变了自己的艺术方向，更是直接颠覆了陈芝秀的人生轨迹。

敦煌的魅力使得常书鸿存心要离开巴黎，正好这个时候，国民政府教育部部长王世杰发来电报，聘请常书鸿任北平艺术专科学校的教授。1936年秋，常书鸿把陈芝秀和常沙娜留在巴黎，只身前往北平。常书鸿在北平待了一段时间，他在回忆录中称："我要尽快去敦煌！"接下来的回忆，就有些失真了。常书鸿称："1937年7月7日那天，我照例和几个学生去北海公园画画，忽然听到了隆隆的炮声。有人说，日本鬼子在卢沟桥向我们开火了！我们全都一惊，赶紧收拾画具往家走。"

事实上，"七七事变"是7月7日夜间发生冲突，8日凌晨日军向宛平城和卢沟桥守军进攻（开炮），所以7月7日白天没有炮声。另外，北海公园距卢沟桥约五十里，什么样的炮声能传如此之远？

战争爆发之时，陈芝秀常沙娜母女正在返国的轮船上，本欲在北平与常书鸿团聚，这下不成了，常书鸿已去了南京，最终全家在上海团聚，六岁的常沙娜第一次踏上母国之地。一家人在一起，才像一家人，陈芝秀够走背字的，追随丈夫到了巴黎，又为了追随丈夫从巴黎回到中国，然后一路迁徙，直至1939年在昆明才恢复正常的家庭生活。看看1939年常书鸿画的恬静的画，一家三口其乐融融的合影，我甚至想，如果时间凝固在1939年，如果常书鸿不坚持做他的"敦煌梦"……算了，算了，"如果"等于痴人说梦。

1939年以后的几年，逃难时断时续，是相对平静的几年，钱锺书《围城》的时代背景也是这苟安的岁月。

1941年7月，常书鸿的第二个孩子常嘉陵出生，三口之家变为四口，一女一儿，幸福之家。常书鸿的周围聚集着吴作人、吕斯百、徐悲鸿这样一流的画家，艺术氛围堪比巴黎沙龙。谁能想到呢，常沙娜说："就在我家经历了千辛万苦，生活终于稳定下来的时候，爸爸又在酝酿去敦煌的计划了。"陈芝秀激烈反对常书鸿："你疯了，我们刚刚安顿好，怎么又要到什么甘肃，西北去啊？在巴黎你是讲过的，可那不是想想的事吗？我们好不容易挨过轰炸活着出来，千辛万苦到了这里，才安定下来，沙娜马上就要小学毕业了，要成长了，你怎么又想走！还折腾？不同意！"

胳膊扭不过大腿，1943年晚秋，陈芝秀带着两个孩子还是跟着常书鸿去了敦煌，路途之艰苦，可想而知。我想起五十年代初，母亲带着我和姐姐随父亲从上海迁到北京。从有冲水马桶的小样楼搬进了公共茅房的小四合院（西房），父亲的理由也是冠冕堂皇的，可是母亲没能活到五十岁。

接下来的剧情谁料得到？1945年4月，陈芝秀借口去兰州看病，与国立敦煌艺术研究所总务主任（姓赵，国民党军队退役小军官，三十几岁，浙江诸暨人，陈芝秀同乡）私奔，并于兰州登报声明与常书鸿离婚。陈芝秀的背弃，无可转圜，可是上天对她的报应未免过于残忍，别忘了，犯错的女人总归也是弱势的一方。陈芝秀与姓赵的小军官结婚后没几年全国解放，姓赵的被关进监狱，病死狱中。陈芝秀生活无着，只好改嫁给一个穷工人，并生了一个儿子。因为生活贫困，陈芝秀只能在街道给人家洗洗衣服勉强度日。1962年，常沙娜通过"同情妈妈"的大伯伯见到了陈芝秀，常沙娜没有眼泪也没有一句话，陈芝秀也没有眼泪，只是说："沙娜，我对不起你们……可是你不能只怨我一个人，你爸爸也有责任。""现在我也很苦，这是上帝对我的惩罚。"常沙娜自此背着父亲给陈芝秀寄钱，一直寄到1979年，这年八九月间陈芝秀犯心脏病猝死。

常书鸿1994年6月辞世，享年九十岁，他的骨灰安葬在望得见敦煌莫高窟的沙丘上，离那个开始于塞纳河畔的敦煌梦，整整过去了六十年。

　　十二岁的常沙娜在到达敦煌的第二天，惊呼："千佛洞的天好蓝呀!"一旁的常书鸿问陈芝秀："你见过这么蓝的天吗?"

2016年9月1日

邵洵美书评文章

2007年2月12日，我的日记："晚，邵洵美的女儿邵绡红来电话，我熟悉的上海口音，陈子善告诉她我的电话。她在整理父亲的作品，已搜集有五百来篇。还提到那台德国影写版机器，抗战时拆卸的14个工人也找到了，功夫下得真可以。《时代》画报和《论语》杂志她都找过了。"电话是我妻子先接的然后转给我，她说："这个女的声音真好听！"我问她："你知道她是谁的女儿吗，邵洵美！"我妻问："邵洵美是谁呀？"以后的几年，我跟几个朋友说起，他们都不知道邵洵美是谁，我告诉他们三十年代的上海，邵洵美是鲁迅之外的第一等大人物，他们仍是一脸茫然，于是我悲哀了。当年邵洵美与徐志摩"俊美秀逸，诗才横溢"，被誉为"诗坛双璧"，更有一种评论称邵洵美"面白鼻高，希腊典型的美男子"，而风采略胜徐志摩。可是如今，天下尽知徐志摩，邵洵美是何方神圣却要大费口舌。陈子善教授讲到个中要害："研究邵洵美，有一个困惑论者的难题，那就是他曾经数次遭到鲁迅的讽刺和批评。"难道鲁迅的话句句是真理，一言九鼎，带有"置人于死地"的法力？今天的人们恐怕不这么看问题吧。韩石山先生在《邵洵美悲惨一生的解读：他如何得罪了鲁迅》中给予邵洵美很恰当的评价："邵洵美其人当另眼相看，是一位真正的中国文人，也是中国现代文化史上的一位英才。"我是完全赞成的。

之所以说以上这些话，是因为邵绡红女士命我写邵洵美《书评卷》的前面的话，真心讲，我不是合适的人选，学识太浅，学历太低，三十年代文学作品我的阅读量少得可怜，不懂诗，大片大片的知识盲区。可是邵绡红女士偏偏信任我，给我发来十几万字她辛辛苦苦用电脑打录出来的文稿。（邵绡红在邮件中讲："此卷分'读书'与'阅人'两个部分。我自己已经想尽办

時代電影

第二年
四月號
每冊二角

上海霞飛路二四〇號
時代圖書公司

邵洵美时代图书公司七大刊物之《时代电影》

法打成简体字，核对好。这打印工作之烦恼，难以言说。你看这些早期的文章就明白了。")我就完全失掉了诸如"难以胜任"一类婉拒的话，反而觉得似乎"有话可说"，至少可以谈谈我读过本卷之后的一点儿感想。

先谈谈"读书"这部分。邵洵美留过洋，诗也是学西洋的，我说过不懂诗，所以凡讲诗论义的篇章，一概略过。"读书"这部分的文章，可以当书评看，也可以视为读书随笔，如果以当下颇为时髦的"书话"来概括邵洵美的文章，我觉得并不能为邵洵美增光添彩。邵洵美的书评多发表在刊物上面，却不像别的作家那样够一本书的量就集成单行本，邵洵美倜傥不羁，不屑干这种小的事情。邵洵美有自己的书店和公司，出版有十几种杂志，发表文章不是愁事，说起话来也不用看谁的眼色，这些便利条件正是鲁迅气不忿的地方："最好是有富岳家，有阔太太，用陪嫁钱，作文学资本，笑骂随他笑骂，恶作我自印之。"并屡屡以作攻讦。邵洵美的回击甚妙："鲁迅先生似乎批评我的文章不好，但是始终没有说出不好在什么地方。假使我的文章不值得谈，那么，为什么总又谈着我的钱呢？鲁迅先生在文学刊物上不谈文章而谈人家的钱，是一种什么作用呢？"

我统计本卷的文章，十之八九发表在《人间世》、《论语》、《金屋》、《自由谭》、《人言》周刊、《时代》画报上，这些均属邵洵美"自家刊物"。《新月》《六艺》(新时代)等刊物虽不归邵氏掌管，但也能算作"友刊"的。较诡异的是1956年新文艺出版社的《汤姆·莎耶侦探案》，邵洵美翻译的，邵洵美写了译后记(署名"荀枚")，我不记得哪年在书摊上买过这本书，如今却找不到，这也许是邵洵美1949年之后仅存不多的文字了。看到译后记最后一段："我们可以说，马克·吐温的作品，在鼓励反抗压迫、爱好自由和乐观主义精神方面，对美国人民是曾经起着一定的提示作用的。第一部的故事用哈克贝利·芬的口吻来叙述，译文因此尽量求其口语化。第二部是讽刺作品，译文因此竭力设法保持原文的风格。成绩和理想中间的距离，当然很远，希望读者多多指教，尤其欢迎小朋友们来提出宝贵的意见！邵洵美一九五五，九，二十九。"不免替邵洵美心酸，落魄呀，落魄才子。1949年之后，邵洵美欲以翻译为业，夏衍力荐，人民文学出版社聘邵洵美为社外翻译。还能怎么样呀，再往后，连口安静的翻译饭也吃不踏实了。我很想假如一下，假如鲁迅看到二十年后邵洵美的窘况，会不会收回那些无端的意气的攻讦。

邵洵美喜欢读人物传记，尤其喜欢自传，他在评论赫理斯（Frank Harris）的《我的生活与恋爱》时写道："'自传是一部圣书的非常的体裁。'这是乔治·摩亚的警句。"同时，邵洵美不满意，"自传的记述不准确，或竟是虚伪的原因：他们有的把一部分事情遗忘了；有的故意删改；有的把心灵上感到不舒服的事情隐蔽掉；有的被羞耻心所逼迫；有的任意捏造事实以自圆其说；有人为了保障生存的人物而守秘密。他们的自传终究是不完全的"。故此，邵洵美十二分地赞美《我的生活与恋爱》。说到这儿，我又要检讨自己的"迟读"。邵洵美这篇评论刊在1936年2月《六艺》创刊号的40至43页，我当年死追《六艺》，为的是上面那幅鲁少飞的名作《文坛茶话图》。八十年代鲁少飞不承认自己作了这幅漫画，认为是同行开他的玩笑。鲁少飞的同行季小波（1900—2000）从漫画技法上分析，也认为此画不是鲁少飞画的。这幅引发署名风波的《文坛茶话图》，集合了上自鲁迅下至蒋光慈所有名作家的肖像，底下有一大段旁白，今读之，可发一噱："坐在主人地位是著名的孟尝君邵洵美，左边似乎是茅盾，右边毫无问题的是郁达夫。"隔着好远才提到鲁迅，还是这么样的一句："手不离书的叶灵凤似乎在挽留高明，满面怒气的高老师，也许是看见有鲁迅在座，要拂袖而去吧？"我光顾着好玩了，当时没有注意到邵洵美这篇精彩的评论，其实这也没有什么懊丧的，我们没有眼福看到的洋书太多了。赫里斯的这本自传，当年在上海的西书店售350元，邵洵美说："当时徐志摩先生想和我合资购买，后来究竟嫌它太贵。"

我感觉还是从邵洵美津津乐道的迷人的西书世界，回到他评论的中国书里比较不那么自寻烦恼。

蒋介石的《西安半月记》是部名书，因为蒋介石是名人，西安事变又是尽人皆知的大事件。可是我一直没有想到要读这本书，如果不是这次荣幸的机会，也许今生我也不会买一本《西安半月记》来读。邵洵美评《西安半月记》的长文刊于1937年7月的《论语小册子》，而这本小册子是专门赠送给《论语》的订户的，所以我虽然存有全份《论语》，也无法看到小册子，甚至连《论语》附送过小册子也是作此文时才知道的。邵洵美此文全题是"《蒋委员长西安半月记》《蒋夫人西安回忆录》读后感"，所议所论，对我而言全部是新奇的、新鲜的，甚至颠覆了我的历史观及其他。这回要庆幸我的"迟读"，如果早读三十年，混沌未开，心智未启，读了也许也是白读。所以那句话是正确的——什么年龄读（遇）什么书。

曹涵美（1902—1975）所作《第一奇书金瓶梅全图》，于民国珍本书里位列前茅，全套十册的价格已大几万。邵洵美特为此书作了两篇"书的广告"。邵洵美的广告，没有通常的浮词虚句，完全是内行的卓见："我们确可认它是一本第一奇书！惜乎有如此一部世人争睹为快的奇书，却没有同样一部惊人技巧，十分佳妙的插图一配，不能相得益彰，未免美中不足！《金瓶梅》图，古版虽也有一二流传，不是布局含混，即嫌描写不活：酒楼茶坊和绣阁深院，贫富难别；虔婆淫僧和荡妇浪子，啼笑同式；身段既太呆滞，请问风致何来？眉目未能传情，自然生气全丧；毋说心绪不见曲曲达出，就是姿态也一一无神；不失之笔墨稚嫩，即患结构简率，无怪识者都认为缺陷，是艺林中一大憾事！……我不知为了什么原因，从来没有把金瓶梅全书读完的决心，篇幅过长的书本每每使我畏缩。涵美的插图更使我觉得没有再去读原书的必要。我们读书，本来是要去欣赏一种情调；从涵美的插图里，我们已能得到了我们所需要的一切。"恕我引文过多，实在是因为邵洵美写得太好了，好像我有责任代为划重点线。

对于本卷的第二部分"阅人"，我能插话的余地很少，甚至无法置一言。譬如那一组《访华的外国作家》中的十来位，多数我连名字也没有听过。邵洵美说道："我的外国朋友一天天多了，我喜欢他们和喜欢我的中国朋友完全一样；可是我总有个成见：'在中国，外国人有两种：一种是好的，便是我的那些朋友；一种是坏的，便是那种抓我领圈的一类人。'这段故事，可以说是我个人的外交史的序言。我预备每一篇记述一个人：有的熟悉有的不熟悉；有的我熟悉他，他不熟悉我。但是在这里，先发表'八一三'以后所认识的一部分，他们都是同情中国抗战的'中国之友'。"

我知道"八一三"之际，邵洵美全家逃离杨树浦豪宅，避难租界，暂时于邵云芝家栖身，所以文中的"我的房子小，人多；所以把楼下的小房间隔成两间：一半作卧室，一半作饭厅和起坐室。我又把前面沿院子的一个阳台装了长窗作为书室。这书室只有十二尺开阔，五尺进深；放了书架书桌和椅子，便没有什么空间了。约翰身高七尺，体重三百十二磅，这房间便让他塞满了"，便解释得通了。浪漫的诗人，如果兼具幽默的才性，诗人中的完人也，反正我看懂了邵洵美对约翰的调侃："我倒又有一个笑话了。欧洲有句谚语：'隔村的诗人是天才，隔壁的诗人是疯子。'所以一个第一流新闻记者，到了你的书室里，又和你玩了五天，给你的印象，当然难免是个'笑话'了。"与邵洵美相比，鲁迅所多的是刻薄，少的是幽默。

由于我写过民国漫画的一本书，所以看到邵洵美写到"珂佛罗皮斯"，我总算找到了一个半熟悉的洋人。珂佛罗皮斯（1904—1957）是位墨西哥画家，他的画风影响了那一代中国的漫画家，像张光宇、张正宇兄弟，叶浅予，张仃等。邵洵美亲切地称呼珂佛罗皮斯为"漫画界的王子"，王子亦亲切地说："洵美，我来为你画了张东西。"在张正宇的家里，中墨艺术家的欢聚，实在是三十年代漫画史难得的一幕，而在我，只感觉着人往风微。前几年，我与上海的一位漫画史专家争辩，我说："漫画之功能第一位是讽刺，第二位是幽默，什么时候漫画成了讴歌的艺术手段？"我的"讴歌"自有所指，专家当然不爱听了，那就听听邵洵美所说："'漫画'原是一个日本名词，是caricature的译文。因为有一个'漫'字，所以时常使人联想到'漫图'

上去；同时在中国，我们常把caricature译为'讽刺画'；所以这一种'幽默的艺术'在中国始终没有人完全了解过。"

邵洵美形容埃德加·斯诺的夫人海伦为"一部活动的《西行漫记》"。海伦曾经了几篇中国短篇小说译成英文出版，她为这本选集写过一篇序文，邵洵美称之为"一种中国新文学鸟瞰之类的文字"。海伦第一次见到邵洵美，便直截了当要邵洵美谈谈意见。邵洵美说："我当然恭维她，但是她却一定要我指出一个缺点。我没有她那般敏捷的脑筋，平时又不惯找人家的缺点，想了半天方才想出了一句：'鲁迅的确是中国文学界一个力量，可是不能算最伟大的小说家；他的成就并不在于小说。'我当然是根据了她序文里的态度而说的。"海伦听了，一连问了邵洵美好几遍"对我说，对我说，为什么鲁迅不是中国最伟大的小说家？"我读到这里笑了，海伦如何理解得了"骨头最硬"的鲁迅在中国是如何身兼三职的——伟大的文学家，而且是伟大的思想家和伟大的革命家。

上海沦陷四年，文人风骨之硬度，需要验验成色。梅兰芳在上海，钱锺书在上海，郑振铎在上海，张爱玲在上海，包天笑在上海，邵洵美也在上海。张爱玲在《小团圆》里称她见过邵洵美："他约她到向璟家里去一趟，说向璟想见见她。向璟是战前的文人，在沦陷区当然地位很高。""'其实我还是你的表叔。'向璟告诉她。""向璟是还潮的留学生，回国后穿长袍，抽大烟，但仍旧是个美男子，希腊风的侧影。"《小团圆》里，"九莉"（张爱玲）和之雍（胡兰成），一个姓盛，一个姓邵，想必是张爱玲随手从亲戚里抓来的。邵洵美从未提到过张爱玲这个表侄女，一个字也没有，这让我这个张迷非常失落。

诸多对于邵洵美的评论，只有施蛰存（1905—2003）抓准了"华贵"这个关键词："洵美是个好人，是个硬汉，富而不骄，贫而不丐，即使后来，经济困难没有使他气短，没有没落的样子，他最后一年，确实很穷，但没有损害他华贵的公子气度。"而我越写越觉得心中不知从哪来的一股子不平之气，人世和世道亏欠邵洵美太多。

2016年10月3日

陶亢德——保存《骆驼祥子》手稿的功臣

关于老舍，人们写了很多，议论也很多，表达对老舍的崇敬和痛惜之情。我倒是想从另外一个角度来缅怀老舍，讲讲保存《骆驼祥子》手稿的功臣——陶亢德先生。三十年代文学史上的长篇小说名著，能够完整保存下来的手稿，屈指可数，从这个意义上来讲，将《骆驼祥子》手稿称为国宝级的文献，并不过分吧。

这位陶亢德（1908—1983），由于在上海沦陷时期过于活跃地参与文化出版，遭人非议，甚至入狱三年，这也是很长时间以来，人们对陶亢德这个名字非常陌生的主要原因。其实陶亢德所参与的活动均与出版图书或杂志有关，他从不涉及政治，或发表政治言论。但是处于非常时期，这些辩解都是苍白的，无效的。陶亢德没有在非常时期韬光养晦，出来混迟早要还的。

我们不能因为陶亢德的这段历史而抹杀他保存《骆驼祥子》手稿的功劳，反过来讲，我们也不能因为陶亢德的功劳而埋没那段个人历史。

陶亢德与鲁迅有过交往，鲁迅致陶亢德信，存世有十九通。前几年某拍卖公司拍卖一通从民间征集来的鲁迅致陶亢德信，成交价高达650万元。由此，陶亢德沾鲁迅的光，总算有了一点儿知名度。

抛开那四年的出书办杂志不说，单是以之前（1931—1941）的十年编辑业绩来论，陶亢德无疑应列入优秀编辑家的行列。1931年陶亢德加入《生活》周刊编辑，在邹韬奋手下工作。《生活》期发行量高达十几万份，傲视群雄，无人可敌。陶亢德在《生活》的两年，学到了真本事，也成为各大文化公司竞相礼聘的编辑高才。

林语堂慧眼识珠，将陶亢德招致麾下，任由陶亢德发挥编辑才能，林氏三大散文杂志《论语》《宇宙风》《人间世》，名彪中国期刊史，这里面也有陶亢德的一份功劳。通过编辑这三大杂志，陶亢德得以结识三十年代文坛的一流作家，出于对刊物及编辑的信任，许多作家才愿意拿出好稿子，奠定老舍文坛地位的《骆驼祥子》，就是在这样的背景下交给了《宇宙风》，交给了陶亢德。陶亢德不但亲手编发了这部传世名著，而且细心地郑重地一直将老舍的手稿珍藏在自己手里。陶亢德不仅在《宇宙风》上连载完成《骆驼祥子》的初刊本，几年之后他又在自办的人间书屋出版了《骆驼祥子》单行本，使得《骆驼祥子》赢得了更多的读者。从版本的意义讲，陶亢德的功劳更是非同小可，作家的手稿本、初刊本、单行本一条龙，全经陶亢德一人之手，这样的幸运，不是每个作者都能赶上的；这样的幸福，也不是每个编辑都能赶上的。

　　是福是祸，真不好说呢。十年浩劫，在陶亢德手里珍藏了三十年的《骆驼祥子》手稿连同大量图书被抄家。玉石俱焚的年代，幸有顾廷龙慧眼识宝，在即将化为还魂纸之前，抢救下《骆驼祥子》手稿，这才有了后面悲喜交加的结局。虽然陶亢德的亲属没有遵照陶亢德对老舍家属的承诺，将《骆驼祥子》手稿归还给老舍家属，可是我们应该理解陶家的感受，不管别人什么想法，我理解陶亢德的承诺，也理解家属的反承诺。张爱玲说："生在这世上，没有一样感情不是千疮百孔的。"值得庆幸，十劫八难之后，《骆驼祥子》手稿，尚在人间。

2016年9月15日

江栋良彩绘电影明星《郊游图》

　　我从沦陷时期文艺杂志的插图里慢慢注意到江栋良(1911—1986)，一直以为江栋良只画些小插图小漫画，最近见到他画的电影明星《郊游图》，尺幅大而且色彩斑斓，一举改变了我对他陈旧的印象。

　　江栋良于沦陷时期非常活跃，如果换成文人或电影明星，战后免不了要有麻烦，轻则舆论讨伐，重则法律追究。为了生存，画点儿画换几个饭钱本不该深责，但是拔高似乎也没那个必要。沈寂先生曾说："从'孤岛'时期到日军占领全上海，直至抗战胜利以及最后蒋政权的败退，整整十年之久，江栋良先生曾在报上主编《漫画周刊》，发表当时留在上海的王敦庆、米谷、董天野等人的漫画作品，还化名在报刊上发表数以千计的单幅、连载的讽刺漫画和精美插图，都是针砭时弊、抨击黑暗社会，犀利而深刻。"

　　沈祖炜先生说得更夸张："江栋良先生满腔热忱，以画笔当武器的爱国情怀充分体现在作品之中。江先生于二十世纪三十年代初投身画坛，当时正值民族危亡的关键时刻。他在各类抗日报刊上发表了大量宣传抗击日本军国主义侵略中国的漫画作品。他以辛辣的笔触，抨击侵略者的暴行，以漫画家特有的讽刺手法，将日寇以及汉奸的丑恶嘴脸暴露在光天化日之下，反映了中国人民同仇敌忾、抗日救亡的意志和决心。漫画向来以夸张、幽默为特点。江先生在漫画作品中对日本侵略者无情鞭挞，发挥了特殊的战斗作用。"

　　电影明星无论何时，都是时代的宠儿，他们和她们被各式各样的艺术形式包围着。若讲大尺幅，丁聪画过《银河星浴图》，严折西画过《中国好莱坞群星消夏图》，张白鹭画过《银国新年同乐会》，万籁鸣画过《摄影厂的形形色色》。这回又有了江栋良的《郊游图》，如果比人物多少，《郊游图》画了五十一位男女演员，无疑是冠军了。严折西画了四十八位，屈居亚军。严折西画在先（1936），江栋良画在后（1943），是江破了严的纪录。

严江之画，人物众多，尽可一一对号入座。严折西的画附了个"群星猜图竞赛"的游戏，江栋良则直接在画旁作了个"人物索引"。如今，还可以做一个游戏，比较一下两幅图，看看哪几位影星在两幅漫画里都占有一席之地。

交代一下《郊游图》产生的背景。1941年12月7日日本偷袭美国珍珠港，太平洋战争就此开始，日军占领上海租界，"孤岛"沉没，上海文艺界赖以生存发出呐喊的阵地，土崩瓦解，上海彻底沦陷。除了军事占领，日本人也没忽视文化占领。此时，日方在上海创办的"中华电影公司"老板川喜多长政，找到上海电影界的大人物张善琨，商量一件事，这是件大事，非张善琨出场不可。最终日本人如愿，张善琨将上海十二家电影公司合并为一家"中华联合制片公司"（简称"中联"）。"中联"三巨头：董事长林柏生，副董事长川喜多长政，总经理张善琨。《小城之春》主角韦伟认为"日本人利用张善琨，而同时张善琨也利用了日本人，要延续中国电影的命脉，在那个物资极其紧缺的时代，资金、胶片就要借助日方的供给了"。

"中联"只存在了一年，1943年4月，"中联"与川喜多长政的"中华电影公司"，张善琨的"上海影院公司"合并为"中华电影联合公司"（简称"华影"）。"华影"的董事长还是林柏生，名誉董事陈公博、周佛海、褚民谊，副董事长还是川喜多长政，总经理改为冯节（汪伪政府宣传部驻沪办处长），张善琨为副总经理。日本人的棋分两步走，这第二步彻底将张善琨的地盘收拢在日本人的掌控之中。战后，张善琨的汉奸身份，再也洗刷不掉了。

我保存的沦陷时期文艺刊物里有一些是电影刊物，以前从不注意这些影刊是属于"中联"还是"华影"啥的，所以对于刊物的背景缺乏政治的了解，直接影响了对某些电影（如《万世流芳》）的理解，教训是深刻的。

"中联"成立一周年之际，出了《中联成立一周年特刊》，《郊游图》即载于特刊。特刊之后，"中联"关张。

《郊游图》的五十一位演员名单：陈燕燕、李香兰、顾也鲁、仓隐秋、张翠英、李红、袁美云、周曼华、徐风、章志直、郑重、凤凰、陈娟娟、蒙纳、慕容婉儿、王丹凤、陈琦、梅熹、刘琼、顾梅君、顾兰君、姜明、龚秋霞、严俊、姜修、吕玉堃、戴衍万、舒适、严化、欧辉、王引、殷秀岑、高占非、周起、黄河、徐立、王熙春、胡枫、陈云裳、童月娟、王宛中、洪警铃、张琬、舒丽娟、孙敏、韩兰根、白光、徐莘园、龚稼农、关宏达、李丽华。

"特刊"非常罕见，姜德明先生有收藏，他在《忆看电影》中写道："现在回忆，我在这里看的最隆重的一场电影是《木兰从军》，好像还临时加价，特别印制了一种彩色说明书，……那是陈云裳和梅熹合演的。多年以后，我在北京东单三条时常可以碰见梅熹，当年的英俊小生已变成花白头发的老生了，可是他在青年艺术剧院同白珊合演的印度古典话剧《沙恭达罗》，他扮多情的国王，仍然那么动人。"

姜先生更写道："当时古装历史片和古装民间故事电影相当流行，这是有历史原因的。因为在沦陷区，日伪当局不允许直接表现抗战的题材，有良心的文艺工作者只好曲折地反映人民的心声。"

"曲折"也罢，"曲线"也罢，战后都摆脱不了罪责。

1946年6月22日，上海检举附逆影人告密箱启封，得检举信几十封之多。

7月，上海电影剧人协会检举附逆特补委员会，为搜集证据特放映"中联""华影"出品的五部电影《春江遗恨》《万紫千红》《万世留芳》《博爱》《卖花女》。史东山、夏衍、张骏祥、吴祖光、白杨等参与评审。

9月《社会画报》第二期载《李红谈检举附逆影人意见》。

11月5日，上海党部议定肃清影剧附逆分子的两项办法。集中体现为"明辨是非，无枉无纵"八字方针。

江栋良手绘漫画《郊游图》

11月16日，张善琨等三十余人移送高检处侦查。周璇、张石川等十四人开庭审讯（仅张浦一人到庭，其余均由家属具状请求延期）。

11月22日，高检处发出第三次传票，定于上午九时于提篮桥开庭侦讯，被传唤者有张善琨、梅熹、陈云裳、陈燕燕、李丽华等十三人。

12月9日，高院第二次审讯，上述等十五人被传，仅三人到庭。梅熹妻郑萍持传票到庭，欲代夫出庭，被拒。

同日，高检处传讯张善琨等十三人，仅陈燕燕、李丽华、周诗穆三人到场。

12月31日，高检处第四次传讯张善琨等十三人，仅梅熹一人从九江赶到上海接受传唤。

《春江遗恨》乃中日合编合导合演，战后被列为第一号宣扬"中日提携""共存共荣""歪曲史实，毒素最为显著之影片"。梅熹作为中方主演，跳进黄河也洗不清。《郊游图》中梅熹立在树荫下看着刘琼钓鱼。这些昔日明星的结局，倒是一篇大文章的素材，写起来一定很好玩儿。

2015年11月13日

鲁迅先生你死了／谁启示我们的彷徨？

鲁迅先生，今年是他诞辰一百三十五周年（1881—2016），逝世八十周年（1936—2016）。我记得以前这两个日子，是有不少活动的。"诞辰纪念""逝世纪念"哪个意义更重大些？好像到了整数年，这意义方能凸显。鲁迅诞生一百年的1981年，专门出版了新版的《鲁迅全集》。鲁迅逝世十周年（1946）和二十周年（1956），都有大的活动，1956年出版的《鲁迅全集》即含纪念的意思。

八十年了。我想起了八十年前鲁迅死后的一副挽联所写的："鲁迅先生你死了／我们誓要继续呐喊；鲁迅先生你死了／谁启示我们的彷徨？"

我还想起了另一副挽联："呐喊如狂人为国而已／华盖育彷徨导民中流。"这两个挽联都是把鲁迅最有影响的两本书的书名恰到妙处地镶嵌在悲痛的情感里。挽联是生者对逝者敬重与怀念的一种表达方式，随着逝者的渐行渐远，后来者的表达方式会与最初有所不同，他们开始一本一本地搜集鲁迅著作的早期版本——这是参与者最多的方式，这种最常见的纪念方式最终使得鲁迅著作的早期版本越来越难以收集，甚至到了令集藏者绝望的地步。有的时候，我们必须学会"知难而退"，这与"畏缩"无关，这么做了，我们也许同样可以达到我们想往的目的。我的"鲁迅逝世纪念刊"专题，就是面对现实的一种选择。史家称"1936年10月19日鲁迅逝世以后的纪念文献浩如烟海，不胜搜寻"。

我自己尤其对鲁迅的"纪念号""悼念号"有兴趣。最近淘得一册《生活知识》，很普通的一本杂志，却隐藏着很不寻常的意义，它竟然是鲁迅逝世后，最快报道这个举世震惊"凶讯"的杂志。

1936年10月19日凌晨5时25分，鲁迅逝世于上海北四川路大陆新村内九号寓所。最早向外界发布鲁迅病逝消息的是上海《大沪晚报》："中国文坛巨星殒落，鲁迅先生今晨逝世，昨日起突发恶性气喘症医治罔效，今晨五时长逝，遗体送万国殡仪馆。"我曾经写过："报纸的消息报道速度比之杂志是快得多的，报纸是当日事当日见报，而最快的杂志已是鲁迅死去后的第六天了，这本杂志是《生活星期刊》，时间是1936年10月25日，它刊出的悼念文章仅两篇——胡愈之《鲁迅，民族革命的伟大斗士》，白危《记鲁迅》。"现在得到了《生活知识》，这个"最快的杂志"的荣誉就不属于《生活星期刊》了。（实际上这两本杂志同属一个东家，就是生活书店。）

在逝世当月速度上胜出的刊物还有：《学生与国家》（10月25日）、《通俗文化》（10月30日）、《文化与教育》（10月30日）、《现代青年》（10月30日），4本杂志共计刊登11篇悼念文章。11月出版的鲁迅逝世纪念刊就非常之多了，知名的有《文季月刊》《文学》《中流》《作家》《光明》等。此时的纪念刊，由于组稿时间较为宽裕，外形及内容都厚重起来。（自此，人们对鲁迅的逝世已从初期的沉重"悼念"慢慢转向持久的沉思的"纪念"。）再往后，每年逢鲁迅诞辰与忌日，总会有一些杂志想到要用出一本纪念专刊的方式来寄托自己的哀思。如今，这些鲁迅纪念刊已成为颇具长远珍存价值的出版物。有一件事，特别能说明纪念刊的特殊意义，鲁迅去世一个月那天，许广平、茅盾、孟十还（《作家》主编）、黎烈文（《中流》主编）等，去万国公墓悼念鲁迅，随后，田军（《八月的乡村》作者，鲁迅曾为此书作序）也来了，他除了和大家一起向鲁迅致敬，更是要把《中流》和《作家》两本鲁迅追悼专号焚烧在鲁迅灵前，让鲁迅先生在九泉之下，也能够看到哀悼文字。

鲁迅的逝世，在当年引发的震撼，于每个阶层是不同的。有说"就是我生身父亲死了，我也没像这样流过泪"；有说"鲁迅之死，比苏联的高尔基之死，损失要大到万倍"；有说"我们在嗷嗷待哺的时候，丧失了我们惟一的乳母"；有说"敌乎友乎余惟自问，知我罪我公已无言"；有说"南腔北调，故事新编，威比热风，状隐彷徨"。每个人沉痛的程度有所不同，或如丧父，

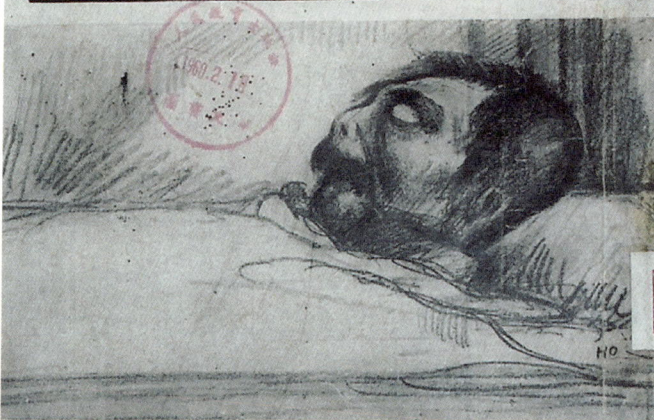

《文学》杂志所出"鲁迅先生纪念特辑"

作家

十一月號

哀悼魯迅先生特輯

上海雜誌公司總經售

《作家》雜志所出"哀悼魯迅先生紀念特輯"

或如失友，但都可见鲁迅"风号大树中天立"的影响，波及最大多数的心灵。

这么多的纪念专刊，当然也代表了各个阶层的意愿，不一样的声音，不一样的写法自不能免。《多样文艺》的"哀悼鲁迅先生特辑"(1936年11月1日出版)，里面有八篇哀悼文章，其中有两篇直截了当地描述了他们眼中的鲁迅："我一看他的神态，就觉得他不是一个普通的教授。身材不高，面色微黄，几乎有点像抽大烟的——这是他所深恶痛疾的恶习之一。"(董秋芬《我所认识的鲁迅先生》)"一霎时，掌声雷动，讲坛上便挺立着一个老头儿。他的模样呢，黄黄的脸，唇上堆着一撮黑须，发是乱蓬蓬的，穿着一件颇肮脏的老布长衫，面色黄黑，赛似一个鸦片鬼，又似一个土老头，如果说没有读过他的文章，怎会知道这是一个文坛健将呢？"(胡行之《关于鲁迅先生》)在当时和以后的许许多多悼念或纪念鲁迅的文章中，我喜欢读的是与鲁迅有过亲身接触者写的文字，他们的直观感觉总比泛泛之论来得有意思，他们在如实地表达自己的悼念情感时，又敢于如实地表达自己对崇高者外貌的直观印象。我们可以对一位我们从未有过来往的贤者发上一番敬仰之情，但是这份情感里或多或少欠缺一点真实，因为距离才能产生敬仰，而距离又往往误导我们的判断。我的意思是：一个人，如果被与他交往过的人中的大多数和未与他交往过的人中的大多数都共同崇敬的话，这个人才是一个值得永久纪念的人。鲁迅，无疑是这样的人。

而今，与鲁迅有过交往的作家，与鲁迅同时代的作家，不是"所剩无几"，恐怕一位都不存于世了吧。这样的话，假使有什么纪念刊物要出的话，也不会超过以往了，说不定还会有什么奇谈怪论掺杂进来，那样的话还真是不必多此一举的好。

纪念专刊（也有称专号、特辑）除了文字资料非常丰富，还留下很多珍贵图片（照片、木刻、速写），更有鲁迅遗容的即时照像，即时速写，诸多艺术家被最大的哀痛激发出最大的才华，在不容有丝毫差错的、不可能重复的极短时间里，为我们、为后世保存下来鲁迅最后的魂魄。感激这些名字：

《作家》杂志"哀悼鲁迅先生特辑"之一页

中國文壇巨星

中國文壇巨星魯迅先生不幸於十月十九年五時逝世。附是先生病狀紀念照，一代文豪的逝世，吾儕魯迅先生及其國喪禮葬及國公祭等照。取此圖片。下列之日常照曁代表致悼遺像。
·魯迅生狀·

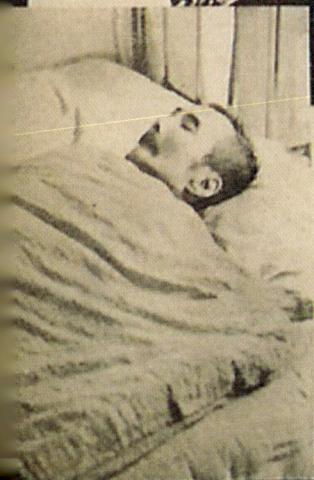

令鲁遗体移殡万国殡馆仰往甚容(一)为鲁迅体
鲁迅入国体仪前瞻遗容者中多孝遗

上为殡仪前大
鲁之仪像迅

上为鲁迅北平故室之灵堂已改现居书
实为鲁迅居书堂

令为鲁迅平居故之老鲁右左在
氏妻元鲁为迅母故氏元配朱

追鲁迅华(一)时鲁迅在平讲演曹建源
追悼鲁迅人平子建源。鲁
迅弟周及广平夫子
仅海与许迅人之弟幼
七岁年子平人鲁建源

北平《实报半月刊》"悼念鲁迅特辑" 之一页

魯迅于本月日本留學時之攝于東京。

二十五歲之魯迅氏

上魯氏為逝世前最近之世照

下為其遺蹟
許壽裳先生惠刊贈

故師曠野，頲云匣夜近，
偏上春歲蔓行惟再惆悵，
迅持危佐竹酩

令廿二年間民二師操講時一魯大演講場攝為迅後來留影之最魯平之

民廿三年之魯迅
（攝于滬上）

悼偉大文人魯迅特輯之頁

司徒乔、力群、楷人、沙飞。纪念刊中图片最多的是《作家》杂志，多达八十余幅。

1946年10月，时逢鲁迅逝世十周年，范泉主编的《文艺春秋》杂志出了"纪念鲁迅逝世十周年特辑"（第三卷第四期，1946年10月15日出版）。编者就"要是鲁迅先生还活着"求答问，组织了一批很有意思的文章，作答的有：萧乾、刘西渭（李健吾）、臧克家、罗洪、施蛰存、茅盾、王西彦、沈子复、林焕平、田汉、熊佛西、安娥、魏金枝、周而复、任钧。

有几位假设鲁迅活到1946年，也会像闻一多那样死去。"也许鲁迅先生会活到抗战胜利。但今天，鲁迅先生也必然已经死了。因为，闻一多先生也居然死了，鲁迅怎么能侥存于闻一多先生死后？"说这话的是与鲁迅有过争论并占了上风的施蛰存。"要是鲁迅先生还活着，他恐怕也难免被刺，正如闻一多和李公朴一样。"——任钧。"假如诗人闻一多先生会走出书房；假如老夫子马叙伦先生会放下经典；假如温柔敦厚的君子叶圣陶先生会哑声嘶喊；假如银行董事贾廷芳先生会请愿挨打；假如一个秀才会被逼得造了反，我不敢想象鲁迅先生活到现在。"——刘西渭。

不能想象，不可想象，也许，本就没必要去想象。你可以以一个十年的历史来想象鲁迅，再以第二个十年来想象鲁迅，再再以第三个十年来想象鲁迅（因为鲁迅短寿，他活到八十岁是有可能的），到今天以第七个十年来想象鲁迅如果还活着。鲁迅，给了我们大而无边的假设空间。有时候，我们提的问题，连历史都回答不了。非要一个答案的话，任钧的假设也许最说得通：继续呐喊，决不彷徨。鲁迅离去八十年了，这连绵至今的一本一本纪念刊物，象征着鲁迅精神依旧鲜活地代代相传，而且必将被后来者更深刻地理解着，更正确地发扬着，更珍爱地保存着。

2016年7月30日

出版界的"老黄牛"

我不知道如何形容方厚枢先生（1927—2014），勤勤恳恳，兢兢业业，都非常合适，想来想去，还是用"老黄牛"吧。我与方先生做了三十几年的邻居，从小时候的印象到前几年最后见方先生一面，五十多年未有丝毫改变，永远缓慢的低沉的语气，永远没有一句工作之外的闲聊。

说来很巧，去年七月商务印书馆出版了方先生的遗著《出版工作七十年》，我是先在微信上看到书讯的，一看书前的油画"方厚枢85岁画像"，马上想到这画肯定是方先生的儿子方群画的，画得何其形神兼备。方群的艺术天赋打小就让我佩服极了，小学一二年级的练字本，方群写的字跟字帖似的。院子里墙上写壁报，方群的美术字一挥而就，他让我写几个，我吭哧半天也写不平一横一竖。

宋木文先生为《出版工作七十年》作序，题为"一个出版史家的成长路径"，宋先生写道："我知道方厚枢其名五十多年了，而知其名又识其人则是他到国家出版局出版部和研究室工作之后，迄今也有三十多年了。他被称为'活字典''资料库'和'老黄牛'（指其精神而非年岁）。"

老黄牛，老黄牛精神，看来是所有人对方先生的共识。

我早先并不清楚方先生的工作具体是做什么的，前几天和方群聊天，他也是父亲去世后整理遗物才知道父亲做了那么多的事情。三十多年前我开始喜欢收集些民国旧书刊，"十七年"的经典小说也在网罗之列，陆续发表点这方面的文章，甚至出了几本书，就这么着，我慢慢地接近了出版界，从而了解了方先生工作的范畴。我曾经说过，新中国的出版史有一个最权威的亲历者，就是方厚枢先生。宋先生写道："从建国到新时期的几十年里，凡出版的事，只要问他，他都能说出准确的情况，提供翔实的资料。而对于他经手的工作，无论自己分管的，领导交办的，同事委托的，单位求助的，他都能不辞辛劳，不事张扬地做好，使领导放心，同事满意。"

从新中国成立之初开始不间断地工作几十年，就算是在最特殊的那十年，方先生也没有停止或被停止工作，这于出版界是唯一的一位，这与方先生的特殊秉性有莫大之关系。所谓特殊秉性，即"不事张扬，只做不说"。出版界不乏有才华有能力的出版家，可是像方厚枢先生这样近乎品格完美的人物，似乎很少。我们在纪念张元济、范用等出版界楷模之时，也不该忘记方厚枢先生这样的老黄牛。

方先生在书里写道："1951年8月底，中图公司总管理处给商务南京分馆来函，调我到北京总处工作。"

前几天我再次向父亲证实一件事——"方厚枢是不是您推荐之后才调进北京工作的？"父亲大声地喊（耳背的人说话声都大）："当然是我了！1951年'中图公司'有个内部小刊物，油印的，我是主编，方厚枢经常投稿，挑错字，提建议，字迹很工整，我向上推荐就调他来北京了。方家来北京就分在按院胡同60号，咱家住西屋，方家是南屋。"好些年前，我问父亲您藏书目录里的那本《古今典籍聚散考》哪儿去了，他说很早就借给方厚枢了，大概是一九五几年的事。父亲每提到方先生，总是落不下"勤勤恳恳"四字。

有那么几年方先生与我母亲是同事，我母亲在新华书店北京发行所财务科，方先生在宣传科。位于西绒线胡同的发行所是座深宅大院，如今只剩下个大门洞。我表哥潘国彦与方先生是历经五十年同行同系统的关系，小时候常见他们一起谈些我们小孩子听不懂的事情。如今，母亲、表哥、方先生都不在人世了，往事的点点滴滴反而更加明晰。

下面想说说方先生的"贤内助"方婶（"文革"前我们称呼她"方太太"），前些年口述《往事的回忆》，方群做的文案，只打印了几本，我要来一本，像回忆自家往事一样非常感兴趣地读了一遍又一遍。方婶家庭的老照片大部分我以前都见过，旧影重温，不胜唏嘘。从前的小院子有月亮门、葡萄架、几丛翠竹，方家的座钟十五分钟敲响一次，无数次我在静夜里听着它计算着天什么时候亮。

方婶的命运挺苦涩的。方婶第四个小孩"小妹"是个美丽的大眼睛女孩，不到一岁突患病毒性脑炎，最坏的结果发生了脑瘫！当时好像还没有"植物人"这个叫法，实际上小妹就是植物人。方婶是个极其要强的妇女，就算是在"小妹出院时已经一岁，喂饭喂药，把屎把尿全都离不开人照顾。家里一共八个人吃饭，买菜、做饭、洗衣服等，没有人来帮我一把。我好命苦！每天只有马不停蹄地干活，实指望小妹能慢慢的好一点。后来人也长大了，还是那个样子，喂饭、把尿等还是照旧，我也不知道我那几年是怎么过来的"，那么糟糕的境遇下，方家总是无可挑剔的干净整洁。

《出版工作七十年》与《往事的回忆》对读所产生的情绪久久难以平复，方厚枢先生勤勤恳恳的一生，方婶含辛茹苦的一生，共同铸成了"老黄牛"精神。

2016年3月18日

3

高伯雨一万四千字写《见闻》

我的朋友前几天去某大图书馆调阅《大成》杂志，很普通的香港文史杂志嘛，工作人员却说需要局级介绍信。我听了很生气，这不是刁难人嘛，后面我当然爆了一句粗口，也知道没用的，丝毫改变不了这些图书馆"借书如借债"的势力眼，所以我从不求助于图书馆。图书馆的势力眼并非今天才有，1935年11月20、21日江绍原接连两封给周作人的信里发怨气："启明先生　手谕诵悉。某馆杂志例不出借，非有人去疏通一下不可。他们的馆员却可随便'因公提用'任何书。马夷初的《说文六书疏证》，我等了将近四个整月而不能一见！""今日赴文津街看各家庄子注（条取三种，一已为馆员提去，一为编纂处主任提去，然得其一已为大幸），顺便把日本《民俗学志》翻了一下。"文津街为北京图书馆老馆所在地，白石桥畔建新馆后更名"国家图书馆"。

朋友的遭遇，倒提醒了我，我自存的《大成》应该好好读读了，随便一读，便读出一个事关高伯雨的很有意思的情况来。

二百多本《大成》多数已装纸箱，这次翻看的只是留在手边的几本，忽然翻到第二十一期（1975年8月），就看到了高伯雨（署"林熙"）的《三十年前出版的〈见闻〉周报》。高伯雨写过的民国杂志好像只有《逸经》《大风》和《见闻》三种，《大风》高伯雨是投过稿子的。十六年前，我经历了"二十四小时泉城淘书记"，《见闻》就是那次在济南旧书店的收获，是个用铁丝穿眼的合订本，标签犹在——"见闻　1946　创刊号—15　存14期160.00"。那次总共买了五千元的旧杂志，旧书店王经理为连夜赶来的我打了九折，实收四千五，算下来《见闻》等于是一百五十块钱，合一本十块，很便宜。后来，我听朋友讲，济南旧书店本想试探我的购买力，能不能将他们的库底子包圆了，但是他们没有明说，也许是瞧出来我并非一掷千金的豪客。

几天之后，济南的某某某以六万元将库底的民国杂志包圆，具体数字好像是两千册，合三十元一册（我所购一百六十册亦合三十元一册，来回火车票在内），其中不乏《无轨列车》（全八期）、《小说半月刊》（全十七期）这样的名贵杂志。说来可笑，后来我还从此人手里高价买了些杂志，有些甚至是从拍卖会买来的，如《夜莺》。我知道购买旧书刊，"大包圆"的方法最划算，可是我一直很穷，是个穷买书人，济南之行只带了一万块，当年的全部家底也没有六万块。所以当朋友告诉我那两千本杂志里藏着个罕见的重要人物文章的刊物，有人出价十万块时，我唯有叹息。

前几年我在《见闻》里面写了几句话："此刊十几年前购自济南古旧书店，归后其他刊物都重新整理修补一过，唯此刊毫发未动，盖非文艺刊物不受重视。昨天修补《小说月报》顺手将此刊取出，今晚把铁丝拆除，用砂纸打磨书脊，没费大劲儿即告竣工也，拆散为单册有利于阅读。陶亢德被刑三年，前写《作家书简》时应引这条材料。姜德明先生曾经在《猎书偶记》中写过《邵洵美与〈见闻〉》。"

《见闻》杂志书影

邵洵美对于办杂志一直很有热情，战前不用说了，旗下有七八种刊物够他忙的。战后那帮人拉邵洵美做官，他志不在此，仍钟情于办刊物，正好有个机会，《见闻》就这么问世了，时间是1946年7月1日。高伯雨写道："它（《见闻》）面世之日，恰好我回到上海已两个多月了，在静安寺路的报摊上见有这种新型刊物，马上付了六百元买了，带回家中当作读笔记、野史那样欣赏。"高伯雨手边存有《见闻》，这个"六百元"如果靠三十年后的回忆，恐怕记不了如此毫厘不爽。高伯雨接着写："只是我手上只有它的创刊号第一卷第一期，其余各期都存在上海，早在廿六年前散失了，每次想到，总令我心头不快。"我所惊诧的是，高伯雨仅凭着一本创刊号，居然写出了一万四千多字的长文。我出过两本"民国创刊号"的书，涉及一百四十种创刊号，每篇不过千字，总计才十四万字，也许是我旁征博引的能力不够吧，也许高伯雨只是偶一为之。（"现在事隔三十年，我还是不时拿它出来重温旧梦一番，欣赏之余，不免技痒，把它介绍给读者，也可说是公诸同好之意。"）若给高伯雨五十个创刊号，不大会篇篇写到如此之长。一万四千字如果用来写作《见闻》的刊史，不一定够呢。说到《见闻》的刊史，高伯雨的记忆便不准了，"似乎只出了不到十期"。实际上，《见闻》出了十六期。姜德明先生比较谨慎，"以笔者见到的最后一期为限"，姜先生所指最后一期为"第十五期"。我以前说过一本杂志的终刊号较难确定，"终刊不终"时有发生。

作为新闻周刊的《见闻》有那么精彩吗，值得高伯雨大书特书？不知是谁说的"新闻是易碎品"，意思即今天的新闻是明天的历史，新闻的保鲜期只有短短的一天。我想，高伯雨是借写作《见闻》而追念自己的年华。1946年高伯雨四十岁，1975年高伯雨近七十岁。我以前只知道小孩子爱哭，如今我明白了老年人更爱哭（多为隐泣）。十年前我听刀郎的《西海情歌》，虽然也难受，尚不至于流泪，如今则听一遍流一遍泪。

最后分解一下高伯雨为《见闻》付出的一万四千多字。最前面的六百多字用来介绍《见闻》面世的时代背景和自己购买的经历，接下来高伯雨的语句很啰嗦了，如"第一期的《见闻》，发刊词登在第一页，首先释它的定名"；如"《见闻》是大三十二开本，用五号字排印，它的第二页，共分四栏排列着：发行人陈继贞，总编辑邵洵美，出版者为见闻周刊报社（社址：中正东路一六〇号）。第二、三栏是'见闻的见闻'，简述'编者的报告'"。 这样又耗去了一千来字。

接下来高伯雨开始一个栏目一个栏目地介绍，"《见闻》的内容编制，分为两大栏，一是'国内时事'，二是'国外时事'。'国内时事'，政治方面的，共分'国是''行政''国防''外交'等若干项目。'国外时事'这一期的内容先讲的是联合国，下来是美、英、法、捷克、暹罗、印度、中东、菲律宾。以下各项目，完全是属于国内的事了，计有工商、科学、文化、新闻、宗教、美术、电影、体育、戏剧、书籍各项。而人物、杂类、人生大事这三个小项目，可说是各栏中的'花边文章'，是全部书本中最有趣味的部分。'人生大事'分：生、婚、寿、病、死五项"。

这么算下来大大小小二十几个栏目，用去一万多字还算节省的。

我自己存有《见闻》，所以高伯雨这么详尽的介绍，似无必要，可能读者听了介绍或许食指大动引起购读《见闻》的念头。

《见闻》里我最感兴趣的是"惩治汉奸"的报道，姓甚名谁具体刑期具在，居然还有囚禁知堂老人的老虎桥"忠字监"照片。以后我也写写《见闻》。

2016年11月9日

张爱玲的精灵，依附于民国刊物的光华之上

南都：我知道您搜集了张爱玲早期发表小说的所有报刊。

谢其章：这个"所有"概念缩小一点，从张爱玲的《天才梦》到《华丽缘》，之间所有散文小说的首发刊，我百分之九十五有收藏。张爱玲从1940年到1946年那短短几年的东西，三十年前还是很容易收集的。在张爱玲没热之前，我即"先知先觉"地开始动手了。比如刊载她的名篇《天才梦》《沉香屑·第一炉香》《倾城之恋》《金锁记》《封锁》等的十几种刊物，我尽入囊中。当年极少有人关注张爱玲，（很多人）连名字都没听说过——张爱玲何许人也？王蒙、贾平凹等文学大家皆发出过傻傻的疑问。普通读者更不介意首发刊与新印本有何不同，大家都不留意，"时间差"与"观念差"成就了我的"张爱玲宝藏"！也许有读者会问："读以后新版不就行了吗？"可以是可以，说这话的人只是张爱玲的读者，而非张爱玲的粉，作为一个超级张爱玲粉，我只读原汁原味的张爱玲。

现在，张爱玲的首发刊上还有一个最大的谜，张爱玲专家也没解开。张爱玲和胡兰成交往之后，胡兰成在杂志上发表了文章《评张爱玲》。文旁有插图，是张爱玲很有名的一张自画像（下图）。

这就存在一个疑问：自画像是编辑为了配合胡兰成文章特地要求张爱玲画的，还是因为胡兰成这篇文章，张爱玲才拿出早已画得的自画像？虽然这个细节无关宏旨，但是考证一番，自有其乐趣。张爱玲这幅自画像，或者是现画的，或者是从前画好的，听说胡兰成在讲自己的好话，投桃报李地迎送上去，也说不定。如此图文并茂的《评张爱玲》，现在的胡兰成集子和张爱玲的文集里是看不到的，这种夫唱妇随、恩恩爱爱在一块儿的景象，只在首发刊里才能看到。这就是民国书刊，画报也好，杂志也好，单行本也好，它

《杂志》上面的张爱玲画像和照片

的魅力和文献价值所在。

南都：在九十年代您怎么就有意识地去收集张爱玲的首发刊呢？

谢其章：我不像现在的人，收藏是受到报纸或外界的影响。我当时就像参加革命一样，是自觉自愿的，或者说"先知先觉"。我对民国文人的文章有自定的欣赏口味，悄悄地与主流走两股道。八十年代，我把找到的张爱玲文章一篇篇登记在一个小本儿上，现在满大街都是张爱玲的书，用不着费这个事了。我是在没有外界宣传、群众根本不知道张爱玲是谁的情况下，觉得这个作家写法别具韵味，遣词造句，出人意表。确实也是先知先觉，现在我基本上收齐了（就差一两种）主要的首发刊，今天，无财无运的张迷无论如何也难以追上我了。当然，张爱玲大热以后，这些东西就更珍贵了。张爱玲画画也特别好，她的插图都体现在杂志上。张爱玲为什么是才女？她不但文字好，画画也很好，还给杂志画过扉页呢。

台湾有一人叫唐文标，他是为张爱玲死的，不是通常的情死，一笑。唐文标狂魔张爱玲，魔到啥程度呢，居然凭一己之力把所有张爱玲的作品复印了，整合成一本书，叫《张爱玲资料大全集》，谈不上精美，就是个复印本。张爱玲很不高兴，说是有版权的。唐文标就因为这个书累死了。他出"大全集"，张爱玲反对，他来回倒腾书，一着急，心梗，死掉了。唐文标这个人很聪明，很有才华，可惜了，英年早逝，对张爱玲文学作品的研究如今成了显学，唐文标是张学的第一个殉道者，这么说，不过分吧。

以我们现在的电脑水平，扫描仪的普及以及手机的拍照功能，再做一个"张爱玲资料大全集"，肯定远超唐文标。但唐文标是先驱，是开风气之先的人。他那时候都是黑白复印的，复印出来模糊不清。咱们现在拍照，《万象》杂志的封面是彩色的，非常漂亮，都是当年的画家手绘。《紫罗兰》杂志也非常漂亮，是鸳鸯蝴蝶派主将周瘦鹃创办的。还有《天地》杂志等一系列，统共十几种，都是高颜值的玩艺儿。

1945年初版《流言》

茉莉香片

張愛玲作·圖

张爱玲给自己的文章画插图

南都：当时您这些杂志是在琉璃厂买的吗？

谢其章：琉璃厂旧书铺的面儿上是看不到这些宝贝的。八十年代，中国书店陆陆续续拿出来了一些东西。但是好的、比较珍贵的，并不放在明面儿上。而一件东西如果不是每天在你眼前晃的话，你不可能对它感兴趣，这叫"不见可欲，其心不乱"。当年琉璃厂并不是满大街都是民国杂志。我最开始接触《万象》杂志，一整套45本《万象》，开本小巧，捆成一摞。我一看，这杂志封面太漂亮了。我问，书店不卖给我，放在柜台旮旯，外头还贴着条

天地

第十七期

如何生活下去

谈天说地

蘇青

我要活。如何生活下去，正在致想著。

民國三十二年是股票年，三十三年是囤貨年，但是到了三十四年是圖貨年，俱是到了三十四年是圖貨年，不論是帶錢的堆積無幾之境了。炸彈龍時可以落到自己頭上來，有力的捧或壓力的，都不冤恐怖彷徨，時局臨時可以起變化，什麼東西，什麼地方，什麼人才是最真最穩得住的呢？

沒有。一點也沒有。

首先，我看怕窮困，因為它是目前的，不曾離開過。不子我完了有一次我硬拚一個退伍的軍人，他提前地出名而猛的，我用他。

「張機棒來吩咐告怕嗎？」
「自然囉！」我深以為然，「下來的紙杏子明白，因負窮是族懷挺挑糾紛。老百姓窮此便狐狸好睡——

不得——

生活下去，自己還得生活下去。

餓飯時，他臨窗增在窗我說：「不是你病剩死你？」
我，便是我剛死死，戰會為等的已。
不得，飛機設有來，萬會侵沒。來過了而仍著沒有把我炸死的新，自己還得生活下去。

八萬左右一噸，油醬三菜件租費，每月個人吧，常需四測孩子，外加女傭之間，每月至少也得十萬左右，做女傭生醫等項費用，還不在內。丑於我的收入吧，卻糊雜誌不能，雖地輕好些，俱是人不張稿費，就說我本已超過能放心了，雖糊輯直休。然舊年來的稿費既不數文章？最近更因電力新戰，印剛不能知難，給子孫猶上想了了，益加柴油訊。

《天地》杂志几乎期期有张爱玲作品

地 天

期二十第

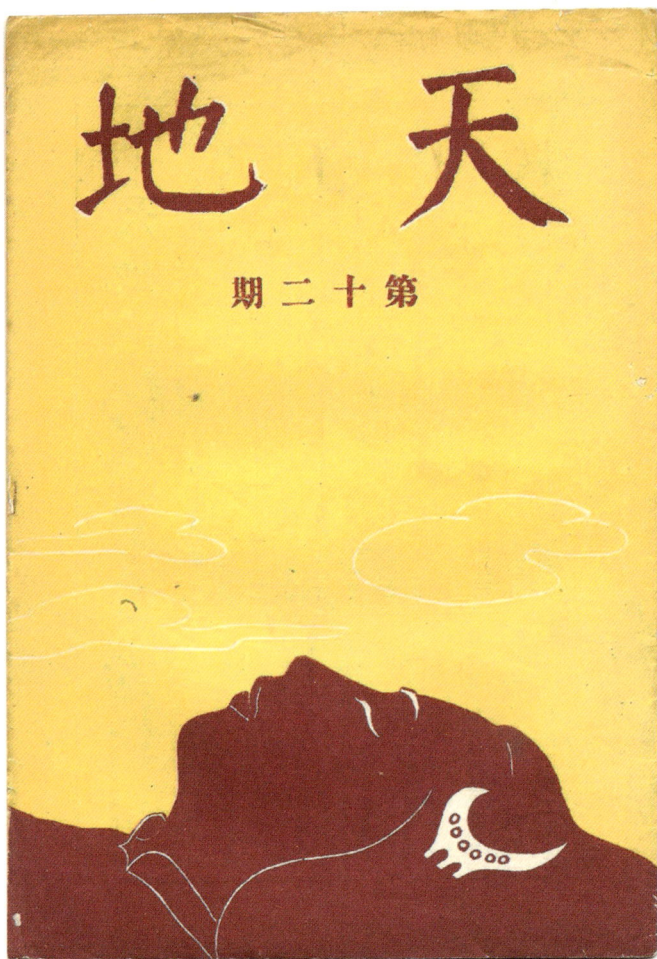

《天地》杂志几乎期期有张爱玲作品

"外宾止步"。实际上这话的意思是"内宾止步",没钱的中国人止步。外国人,尤其日本人买这些东西非常疯狂。后来我还开一句玩笑,"你这就是中国人止步吧,外宾有的是钱"。淘买民国旧书刊也有窍门,头一两回去,根本摸不着门道。

琉璃厂海王村公园里的旮旯有中国书店的一个小门市部。如果说收藏有指路人,我的收藏也得益于当时小门市部那个主事的种师傅。刚开始他们对我态度也不甚友善,训过我"你别这么翻书!"一来二去,看我老去逛,是个诚心买东西的人,他就说,这四十几本《万象》杂志原来已经被山东的一个机关订了,但老不来取货,那卖给小谢吧。我在那上面第一回看到张爱玲的作品。

《万象》杂志的上书口刷了一层红粉,现在没有这种做法了。因为在南方出杂志,容易发霉,弄了一层红粉,防潮,非常的精益求精。一来二去,我就开始找这些民国杂志。就这么一点点儿混熟了。那会儿是种师傅到中国书店的库房里给我找书刊,现在这样的好事没有啦!好书都上拍卖会了。就那么短短的两三年空隙,让我抓住了。这就是所谓的原始积累。但是我的原

小巧玲珑的《万象》杂志

始积累不像资本家的原始积累,它是干净的,不是肮脏的。我现在还留着当时的书单呢,我给他开单子,要找什么什么杂志,他真给我专门去找。店里没有顾客,冷清极了,每次去就我一个顾客。

南都:现在还能淘到民国杂志吗?

谢其章:现在没有了。现在就连八九十年代稍微有点模样的书都没有了,更何况这些热门的书。一件事物,如果要热得全民都知道了,大张旗鼓地在报纸上登载,这东西还能摆得住吗?原来就是稀缺之物。

现在晚十年的人,除非有超级财力,可以在拍卖会去买,可以有人专门送上门来。那和我当时的乐趣就不一样了。我们当时是以少胜多,证明自己很有眼光。今天张爱玲热起来,就证明昨天的小谢有眼光。收藏被人赞扬,不是说藏有多少东西,而是说你先知先觉,有眼力,有眼光。现在买东西拼的都是财力。举牌的话,你出一万,他出五万,人家就拿走了,比的是钱。当时我们比的是眼力,说得再好听点儿这就是天才之特性。

南都:您现在主要的收藏主题是什么?

谢其章:我的另一个专题,到现在还是"半禁区",即上海、南京、北京三个地方抗战时期的文学刊物和单行本。上海抗战时期的杂志,从1941年到1945年,北京1937年到1945年,和南京沦陷以后的那么几年的杂志。这些作家大部分是文学史上没有地位的,边缘化的。我作为私人的这个专题在国内也许可称"无出谢右",一笑。

为什么柯灵说张爱玲是"过了这村儿没这店儿"呢?整个文学史,哪一年安放张爱玲都不合适。1942年到1945年,那几年没有大作家,都跑到重庆等大后方,跑到延安去了。当时也有写得好的,像潘柳黛、苏青什么的。但最后能持久的,笑到最后的还是数张爱玲。因为张爱玲是真金白银的好,是经得住各种社会体制检验的佳作,张爱玲是一个传世的作家,而非风派作家。张爱玲1952年离开大陆，以后的《色，戒》《小团圆》才能写出来。

南都：为什么抗战时期恰好有这么多期刊出现在上海、北京？

谢其章：这些东西，在所有的文学史、资料或目录汇编里，都得"打入另册"。三十年代那些人，也有没有走的，还在上海北京。俞平伯没有走，钱锺书、邵洵美、郑振铎也还在上海呢，他们管那叫"蛰伏待变"。但是当时那些进步人士劝张爱玲，你不要着急，你才气这么大，先把文章写好了，等到抗战胜利、河清海晏之后再发表，我管这叫"馊主意"。

假如张爱玲听了他们的话，把写好的《倾城之恋》《金锁记》都留着，到了1946年或更往后能发表吗？幸亏张爱玲没听他们的，张爱玲有一句话嘛，出名要趁早，越快越好。张爱玲这女子，真是天底下第一等的明白人。

南都：你在书里讲，现在已经不怎么跟书商打交道了，是因为购买的渠道改变了吗？

谢其章：对呀，现在是网络时代了嘛，避免了张爱玲说的"人与人之间打交道的尴尬"。无商不奸呀。2003年"非典"以后，我不太爱出门儿，大部分在孔夫子网上买了。从前潘家园、报国寺这几个市场，包括中国书店，收藏一热起来，东西就贵了。贵了也很不好找。现在连网络上的东西也不好买了。网络不像潘家园，一天去潘家园的人再多，一两万个人撑死了；网络可是全世界都盯着呢，出现一本好书，无数双手在跟你抢。2003年网络初兴，有拍卖旧书，那时候也得靠先知先觉。现在无论怎样都是后知后觉了。除非你是超级富豪。

还有，像我这样的人，到了这一把子岁数，得消化这二十年来买的东西了。买的阶段是囫囵吞枣。现在有时间，得静下心来，慢慢研究，把书里的史料价值、文献价值、有趣儿的东西写出来。因为现在写出来发表很容易。你得写出来，把自己的乐趣变为大家的乐趣。

南都：那时候买书贵吗？

谢其章：好的东西一直贵。尤其从中国书店买的东西，一定是标的十年以后的价格。旧书店不是一块钱收的卖一块五，十块钱收的书，它一定要卖三百。古玩行有一句话，"三年不开张，开张吃三年"。还有一句话，"你不买，他该死。你买，你该死"。这些话同样适用于旧书店，旧书行属于钓鱼式的，价钱非常贵，你要买，它就能开张吃三年；你要不买，他就该饿死了。但是你买了，你就是冤大头。

南都：您有觉得自己买亏的时候吗？

谢其章：亏是没有亏，但是有一个换算。比如当时黄永玉画的猴票八分钱一张，我若把书钱全买了猴票，我不成了"谢健林"了吗！书的增值幅度就要远远小于邮票了。比如当年你一百块买的书，现在卖一千块，涨了十倍吧，你觉得挺多的。但九几年买的任何一样收藏品，现在的增幅岂止十倍呀。不能细琢磨这件事，很容易就把心态给摧崩溃了。你在买书和写书的过程中，得到乐趣，无数的小乐趣汇集成人生的总量，就OK了。你不能再说，又买了东西，又出书了，还要进财富排行榜。鱼和熊掌不能兼得呀。

南都：近年来拍卖场有很多古籍善本拍卖，您在拍卖场上买过书吗？

谢其章：拍卖分两种，一种是网络拍卖，一种是拍卖公司，他们经常给我寄拍卖图录。我为什么不去呢？你准备买一样东西，到拍卖公司现场去拍。第一，有手续费；第二，你得定一个价位。现在以我的收入，买几万块的东西非常费劲。而且我是从买一块、两块钱相对便宜的东西那时代过来的，接受不了很贵的超行市的价格，涨了十倍、二十倍，我老怀旧，哎呀，我当年五六块钱时为什么没买，老后悔啦。不像现在的新生代，初生牛犊，没有历史包袱，觉得今年年终奖拿得多或发了红包，买东西根本不计成本。

你要跟他们拼财力，不是一败涂地吗？不买又后悔了，患得患失。哎呀，当年我这书一万块钱没买，现在出五万也没地儿买去了。

南都：我估计做收藏都有这种心理。

谢其章：收藏就是四个字儿，患得患失。得呢，哎呀，买贵了；没买到呢，哎呀，失之交臂了。所以收藏者的心理很难调整好。《红楼梦》里不是有句话吗，"终朝只恨聚无多，及到多时眼闭了"。收藏者的心理很狭隘。像我这样还好，有一个宣泄的渠道，我能把心得给写出来。大部分收藏者没有渠道。有一句话叫文人相轻，其实"藏家相轻"也非常厉害。他们之间，里头龌龊的事儿可多了。最后还得碰到一问题，"深藏厚亡"。藏得越多，最后的下场越悲惨。好多人问我，老谢，你这些东西将来怎么办？传给女儿？不可能啊，她根本不喜欢这个。我的孩子说了，我不跟他们废话，把收废品的叫来，一万块全拿走。她才不管你这里有鲁迅，有张爱玲，有董桥呢。

所以收藏者都将面临一个如何了断的问题。收藏者那么喜爱、那么辛辛苦苦攒来的东西，到最后怎么办？别人都替你可惜。但你要豁达点，想开点。乐趣这东西是无价的，是冷暖自知的。我有一句名言，"辛辛苦苦攒了一辈子的东西，一定会便宜一个不相干的人"。这不是瞎说，听说亿万富翁的遗产落在司机或保姆手里的概率远超自己的亲儿子。

"快乐地、任性地过好现实的每一天。"这是我给自己、也是送给同好的话。

2016年10月答《南方都市报》

姜德明先生指导我收集民国杂志

1992年春，给姜先生写了第一封信，信里讲了我稚嫩的几样旧杂志收藏。没有想到姜先生回信里却大加表扬："京城也少有这样的藏家！"这句话是冲着我拼尽全力购入的《古今》杂志全份而言。后来我知道谷林先生的《古今》也是全份的。从1992到1997年底，我和姜先生保持着一月一个往返的通信节奏，这些信连同信封我都珍藏着。1996年9月在劳动人民文化宫书市，我第一次见到姜先生，当时他正在签名售书，那是一套开风气之先的"书话丛书"，姜先生是主编。见过面之后，我还是采取写信的方法，向姜先生汇报我近期所得，通常把书价也写进信里。

1997年12月20日，是个星期六。我和赵龙江兄骑着自行车奔波了一整天，年轻体力精神头都强，没觉得累。一大早龙江找我去市府大楼，在那里给"北京市首届家庭藏书明星户"颁奖。评上明星户的有十家，吴祖光先生是大名头，我和龙江沾了大光，其实，我俩给吴祖光提鞋都不配吧。另外一个名头也不小，演讲家李燕杰。吴祖光揶揄地问李："你还买书呀，我那书多得屋里放不下，你去随便拿吧。"散会后，我俩提着沉甸甸的奖品（八本大厚书），往东骑。到了呼家楼旧书店，我把奖品给卖了，卖了三十块钱。接着又办了几件事，天也黑了。往回骑，正好路过姜先生家，龙江熟门熟路常来，对我说，要不咱们进去看看，省得你专门来了。姜先生非常热情，我俩打扰了两个多小时，姜先生拿出百多种书刊来让我们欣赏，我简直看呆了，同时明白了姜先生所藏乃珠穆朗玛山峰，而我连西藏的边都没沾上。

参观了姜先生书房之后，我的写信给姜先生，就改为打电话了。打电话比之写信，既快捷又能把意思说清楚。在家用座机，在外用手机，现代化的通讯工具使得"负手对冷摊"的淘书有了科技含量。有一天在报国寺书摊，摊主拿出二十几册《文艺复兴》，四十块钱一本。我吃不准全不全，立刻给姜先生打电话，然后决定买下。《文艺复兴》是四十年代后期最重要的大型文学刊物，钱锺书名作《围城》首先在上面连载。从版本的意义上讲，《文艺复兴》的《围城》比之晨光文学丛书的《围城》更重要，只不过"重书轻刊"的理念深入人心，"初版本"大家都知道，"初刊本"则须大费口舌。在我刚刚起步收集民国杂志时，海王村中国书店的架子上有一套全的《文艺复兴》，标价七千元。店员骄傲地对我说："可这条街，就我这有套全的！"当时我只花了二百元买了《艺文杂志》，也是非常棒的刊物，知堂、俞平伯、尤炳圻、傅惜华、梅娘、毕树棠等都曾为此刊物撰稿。

有一回，琉璃厂邃雅斋书店上了为数很多的民国书刊，我和几个书友去了几趟，各有收获，其中一位花八块钱买到一本早年的《南开同学录》，居然有周恩来的名字。我那时眼力很差，看到了一堆民国漫画刊物，嫌它们多为散页就放弃了。回家后告诉姜先生邃雅斋的见闻，过了几天听店员讲姜先生来过，买走了这堆漫画刊物。我在写作《漫话漫画》时，经常向姜先生请教。姜先生高出其他藏书家的地方，我觉得就是"不受意识形态的束缚"。三十年代是漫画出版的高峰，有足以传世的杰作，更有大量低级趣味的产品。姜先生对于漫画刊物和漫画家如数家珍，可惜读者只盯着姜先生的"新文学版本书话"。与姜先生同样不受束缚的还有一位，那就是范用先生。我亲眼见过范用收藏的《漫画界》《时代漫画》《独立漫画》等成套的漫画刊物。二十年前出版的六期即停刊的《老漫画》丛刊，得到了范用和姜先生最大最多的支持，范用干脆让编辑将漫刊借回去拍照制版。

唐弢曾说过："过去有洁癖，不收《风雨谈》这类的杂志。"姜先生没有这些顾忌，买回来或秘不示人，或"仅供批判"不就得了，又不是马隅卿、周越然们所藏的那种"难登大雅之堂"的货色。我收集和写作老漫画、老电影、老画报，只有一个人可以请教，就是姜先生，换了其他人，不是问道于盲，便是茫然无知。譬如四十年代的《联合画报》，姜先生是一期一期订购的，同样的例子还有《人世间》（所以当主编凤子向姜先生张口"借"时，姜先生舍不得）。没有这些经历的人哪里会理解呢？姜先生是个影迷，所藏老电影刊物甚丰，来北京工作后大多送给了朋友。姜先生记忆力超强，跟他聊到某某影刊某某影星，如数家珍。对姜先生文章里有关电影的记忆，我的兴趣不减书话和刊话。前些日子读谭宗远文章才知道姜先生与印质明还同过事呢，印质明可是五十年代家喻户晓的男明星，一提起电影《铁道卫士》里的高科长，没人不知道吧，只是最后在火车顶上挨了马小飞一顿老拳，有失英雄形象。

有数的几回，在旧书店碰到姜先生在买旧杂志，我在旁边看着，姜先生似乎很关注冷门的东西，我就不大懂了。说起来，那都是很久以前的事情了。如今姜先生九十高龄，足不出户，我偶尔汇报一些书情书事，他还是有兴趣听，有时说上一句，你在《文汇报》笔会的文章我看到了，写得挺好的。我说话爱开玩笑，多数的时候，电话那头，姜先生笑了。

2019年6月2日

《良友文学丛书》里的另类

20世纪30年代，上海良友图书印刷公司大大小小出了好几套丛书及文库。知名度最高的为十卷本《中国新文学大系》（大32开本），册数最多的为三十九册的《良友文学丛书》（小32开本），十五册的《良友文库》小巧可爱（50开本），十册硬壳精装的《中篇创作新集》品质上稍逊一筹。良友公司在书籍装帧上的精工细作，足称前无古人，后无来者。可惜，这样的精品书，留给后来的爱书者许多大大的难题。

丛书和文库在爱书者的眼中讲究的是齐全。《中国新文学大系》比较容易集全，不就是区区十本么。但是如果要求再高些，讲究初版再版及普及版"全家福"，好像没有人能做到。

《良友文库》和《中篇创作新集》，册数不多，集全不难，尤其是后者，我的朋友赵国忠即收藏有全套。《良友文库》的难点在于护封，十五册虽然数量不可怕，或许有谁藏有全套，但是全护封的藏者，从未听说过。

难度系数排名第一的，当属《良友文学丛书》。难点多多，三十九种均"冲皮面装订"（唐弢语），均有护封（前九种为护腰），初版"1—100"本均有编号及作者签名。主持这套丛书的赵家璧（1908—1997），近水楼台地将每种"001"号签名本自己留下了，因此赵家璧的"大满贯"不能算数。后来，这个"大满贯"于十年浩劫时被打碎。

再后来，赵家璧通过上海书店寻配齐了一套《良友文学丛书》，是不是全护封的，是不是全初版的，从赵家璧的书架上看不太清楚。只有一点可以肯定，三十九种"001"号签名本只有巴金的《电》，完璧归了赵。另外三十八种"001"号签名本，有七种出现在2010年5月北京的一次古旧书拍卖会上，它们分别是：丁玲《母亲》、施蛰存《善女人行品》、郑振铎《欧行日记》、丰子恺《车厢社会》、凌叔华《小哥儿俩》、王统照《春花》、张天翼《在城市里》；剩下的三十一种"001"号签名本，至今下落不明。有人说过，书也是有命运的，书也会生老病死。

《良友文学丛书》还出过四种"特大本"，即巴金《爱情的三部曲》、张天翼《畸人集》、沈从文《从文小说习作选》和鲁迅编译《苏联作家二十人集》。四种均有彩色护封，漂亮之极。"大满贯"里少不了这四种特大本。

按照梁永（1918—1991）文章《〈良友文学丛书〉拟印未果的书》所说："预告中列出而后来没有出版的仍有五种（施蛰存《销金窟》、沈从文《凤子》、杜衡《角落里的人》、郭源新《子履先生及其门徒们》、穆时英《中国行进》）……再加上郁达夫《狭巷春秋》和郑伯奇的《途上》，《良友文学丛书》已预告而未出版的长篇小说，应为七部。"关于《良友文学丛书》的出版掌故及版本变迁，似乎仍缺少一份详尽的统计。

说来说去，无非是爱好旧书者的唠叨，未见到什么"另类"呀。别急，说得这么热闹，你自己收集得如何？接下来就讲这个。

特大本四种，最近刚刚收齐，遗憾的是全无漂亮的护封。其中今年购买《从文小说习作选》的钱正好等于1996年以2750元拍卖成交的带有完美护封的《爱情的三部曲》。从书价看物价指数和生活的变化，难免一声叹息。

《良友文库》里有两种我是志在必得的——阿英的《夜航集》和刘半农的《半农杂文二集》。刘半农未能看到这本书便染疾去世，商鸿逵序云："未曾提笔，不禁泫然！回忆去年五月间半农先生要到绥远去调查方言，临行前一日，他同白涤洲、沈仲章几位在北大语音乐律实验室里收拾应带仪器杂物，我在一旁替想有没有什么忘掉带。一会，见先生伏案忽忽写了'半农杂文'四个字，向我说：'这四个字一时写不好，将就用作杂文护叶上的题签吧！封面，请斟酌代办，但颜色勿要红蓝，因我最不喜欢书皮上有这两种色.'等先生抱病归来，大家只顾得东奔西跑去觅大夫，第一册这时虽已印就，也没能拿去叫他看，那料，无逾五日即溘然逝去，呜呼！这第二册稿，也是经先生亲自编定好的，预备在第一册出版后随即继续付排，——唉！在那时，大家的情绪是何等的悲哀，郁邑，一时实无心理此，故遂捱延迄今."护叶，即护封。可惜我的这两本又没有。

　　寒斋所存的十来种《良友文学丛书》，只有四本是有护封的。"编号签名本"一本也没有，于冷摊见到过几次，嫌贵。我的朋友柯卫东自豪地宣称："我所拥有的这本《春花》，带有完整的包封纸，签字本第21号。是出价1300元网上拍卖获得的，我认为这是一个便宜的价格."

　　老柯还捡过一个更大的便宜，而且是当着我们的面，相当于虎口夺食。这件事他自己也写过："少有人提及的特印本，很可能这不是丛书事先策划

《良友文学丛书》销售广告

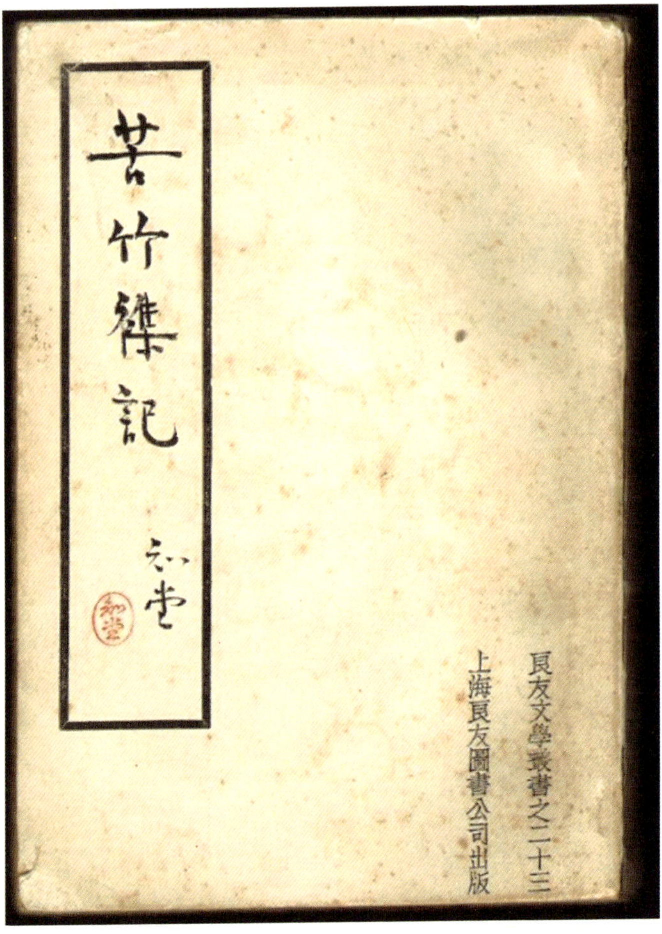

苦竹雜記

知堂

良友文學叢書之二十三

上海良友圖書公司出版

知堂手写的书名"苦竹杂记"

好，而是偶然发生的。特印本笔者所知仅《燕郊集》一种。"捡漏地点是琉璃厂来薰阁书店，300元。这个特印本可是唐弢和黄裳"亟称之"的佳本呀。我要说的"另类"，《燕郊集》算是，还有一个原因，藏书家姜德明先生虽然存全份《良友文学丛书》，却没有俞平伯的特印本。

我一直被朋友讥为"乏书运"，这是事实。最近却于《良友文学丛书》里中了个头彩，所谓"另类"，实特指此事。说来话长，2007年11月27日我以3200元竞拍得《苦竹杂记》白皮本（与良友丛书精装本比较而言），当场有投标者发问："请问是精装的吗，怎么没上封面？"书主回答："不是精装，封面就是这样的。"我心里有数，这个白皮本当是《苦竹杂记》的"特印本"，盖我和老柯于潘家园书摊看见过一杜姓书贩显摆过，而且还钤有周丰一印章。没见过白皮本的爱书者自然会犯嘀咕，误以为白皮为书名页或里封面呢。

饶是这样，这位满脸狐疑的书友一直与我竞价过了三千，才在"声援"我的跟帖中松了手。（"让给老谢吧，等着看他的好文章。""建议让给其章兄，我们喜欢看他的书。"）十几年过去了，这位书友成了藏书大家，想来还会记得此役吧。

如果没有前几天与止庵的闲聊天，白皮本《苦竹杂记》一直会被我当作与《燕郊集》一样的《良友文学丛书》特印本珍藏着。止庵称他的朋友藏有两本白皮《苦竹杂记》，偶然发现两本同为知堂题写的书名"苦竹杂记"居然一个是"记"一个是"記"，此外还有若干处笔画的差异，于是这位朋友怀疑书名是知堂手写的而非印上去的。

我赶紧找出深藏多年的《苦竹杂记》，又看出若干处与止庵朋友那两本的差异，三本三个样，这事好玩！赶紧与书友探讨"手写或印的"，争执不下。情急之中，我忽然想起何不求助艾俊川艾老。艾老果然名不虚传，三句话便一锤定音！"知堂手写的！""那么厚的纸，墨哪里透得过来？""油墨和水墨都看不出来，搞什么笔迹鉴定？"书在我手中，鉴定由艾老出，可见我的版本能力何其低。当然我也有个新发现，白皮本《苦竹杂记》，其实就是丛书本《苦竹杂记》的瓤换了张白封面，并没有《燕郊集》的版权页上"特印平装本"这几个字，所以不能算作版权意义上的"特印本"。甭管怎么说吧，这样的"另类"我喜欢，用老柯的话来说："这是我所有的唯一的知堂的手迹。"

2019年5月8日

鲁迅："至于将照相印在刊物上，自省未免太僭。"

鲁迅的这句话是在给李金发（1900—1976，诗人）的回信里说的。李金发当时正在广州主办《美育》杂志，试图向鲁迅约稿，同时还可能试图索要鲁迅的照片登在《美育》上"以壮观瞻"。

鲁迅致李金发的信写于1928年5月4日，兹录如下：

金发先生道鉴：

　　手示谨悉。蒙嘱撰文，本来极应如命，但关于艺术之事，实非所长，在《北新》上，亦未尝大登其读（谈）美术的文字，但给译了一本小书而已。一俟稍有一知半解，再来献丑吧。至于将照相印在刊物上，自省未免太僭。希

鉴原为幸。

弟鲁迅 五月四日

照相和杂志，在当时都是时髦玩艺儿。李金发如果读过三年前鲁迅写的《论照相之类》——里面有云："只是半身像大抵是避忌的，因为像腰斩。""至于近十年北京的事，可是略有所知了，无非其人阔，则其像放大，其人下野，则其像不见，比电光自然永久得多。""尼采一脸凶相，勖本华尔一脸苦相……戈尔基又简直像一个流氓。"尤其是把梅兰芳描绘得够损："我在先只读过《红楼梦》，没有看见'黛玉葬花'的照片的时候，是万料不到黛玉的眼睛如此之凸，嘴唇如此之厚的。我以为她该是一副瘦削的痨病脸，现在才知道她有些福相，也像一个麻姑。"——也许不会去碰鲁迅这个硬钉子而自讨没趣。

李金发没能约来鲁迅玉照，也许另有一个原因，鲁迅刚刚允许《良友》画报主编梁得所来家里拍了照相，如果再答应了李金发，担心应接不暇，或授人以柄。李金发运气不好，与梁得所拍鲁迅照相的时间，可谓接踵而来。看看鲁迅日记是咋记的：

1928年2月25日："……司徒乔、梁得所来并赠《若草》一本。"

3月16日："……晚梁得所来摄影二并赠《良友》一本。"

3月21日："……晚得梁得所信并照片三枚。"

4月22日："……访梁得所，未遇。"

4月24日："晴。午后小峰来。得素园信。得马仲殊信。得李金发信。"

5月5日："晴。上午寄矛尘信。复李金发信，复梁君度信。晚真吾来。夜雨。"

梁得所拍摄的鲁迅照片刊于1928年4月号（总第25期）《良友》画报。整整一版，左上为《鲁迅自叙传略》，右上为司徒乔作《鲁迅画像》，左下为梁得所摄《著作时的鲁迅》，右下为梁得所所写《关于鲁迅先生》，将这次拍照的经过说了个一清二楚：

前不久有一次出外回来，同事说鲁迅先生刚进来一趟，便知道他到了上海。后来与画家司徒乔先生，一同去找着他的住址访见他。

至今一共访过他两次，每次所谈的话和所得的印象写起来怕很长，现在单略记关于照片的两句话。

头一次我自然问他给张照片在《良友》发表。

他看了几页《良友》，说："这里面都是总司令等名人，而我不是名人哩。"

"读您著作的人很多，大概都喜欢见见作者的像，只因此想发表您的照片。"

"近来我实在有点害怕，"他说着，从抽箱里拿出一封信，"这是一个不识者从杭州寄来的信，说'孤山别后……'可是我从未到过孤山。前几天又接到北京朋友来电谓闻说我死了——我不明白这些是什么来由。若是《良友》又发表我的照相，我的敌人不免说：'咳，又是鲁迅！'而攻击或做谣的更多了。"

这些话我很明白，假如真个死了，攻击的人会变为恭维，这是中国人的脾气。可是鲁迅偏偏"戒酒，吃鱼肝油"的，那么，受攻击实在是意料中当然的事。

原本，发表人的照相不必问准同意的（漂亮的小姐是例外）。不过我为尊重别人的意见，再把我的理由讲一番，终于得他同意，请司徒乔先生画像和《语丝》转录的自传一同发表。另外一幅我用手镜替他摄的照片，是未得他同意而发表。

对于鲁迅先生的批评，在各种文艺书报已说得多了，用不着在这介绍性质的《良友》上多讲。只是对于这页我至少有两点可满意，第一司徒乔先生的速写用笔有惊人的成绩，第二能够把一位人多闻之而未见之的著作家介绍出来，对于阅者总算尽了一点责任。

梁得所文章有几处，须稍加说明：一、司徒乔与鲁迅相熟，司带着梁去拜访鲁迅，梁得所带上自己的书《若草》送给鲁迅。二、第二趟梁得所去鲁迅家拍照（鲁迅称"摄影二"，实际上拍了五张）。鲁迅称"并赠《良友》一本"，应为《良友》画报一月号（总第23期）或二月号（总第24期），上面确有"冯玉祥总司令""蒋总司令""上海英军总司令邓肯"等总司令名人。三、"另外一幅我用手镜替他摄的照片，是未得他同意而发表"，语焉不详，是不是指那张"面部特写"（见《鲁迅影集》119页），不能确定。

梁得所在鲁迅景云里寓所一共拍了五张照片，三张坐姿，一张站立，还有一张头像。选用在《良友》画报这张，正如马国亮所说："成为最能表现

魯迅自敍傳略

魯迅畫像　司徒喬作

我於一八八一年生在浙江省紹興府城裏的一家姓周的家裏。父親是讀書的；母親姓魯，鄉下人，她以自修得到能夠看書的學力。聽人說，在我幼小時候，家裏還有四五十畝水田，並不很愁生計。但到我十三歲時，我家忽而遭了一場很大的變故，幾乎什麼也沒有了；我寄住在一個親戚家，有時還被稱為乞食者。我於是決心回家，而我的父親又生了重病，約有三年多，死去了。我漸至於連極少的學費也無法可想，我的母親便給我籌辦了一點旅費，教我去尋無須學費的學校去，因為我總不肯學做幕友或商人，——這是我鄉衰落了的讀書人家子弟所常走的兩條路。

其時我是十八歲，便旅行到南京，考入水師學堂了，分在機關科。大約過了半年，我又走出，改進礦路學堂去學開礦，畢業之後，即被派往日本去留學。但待到在東京的豫備學校畢業，我已經決定要學醫了。原因之一是因為我確知道了新的醫學對於日本維新有很大的助力。我於是進了仙台（Sendai）醫學專門學校，學了兩年。這時正值俄日戰爭，我偶然在電影上看見一個中國

人因做偵探而將被斬，因此又覺得在中國醫好幾個人也無用，還應該有較為廣大的運動……先提倡新文藝。我便棄了學籍，再到東京，和幾個朋友立了些小計劃，但都陸續失敗了。我又想往德國去，也失敗了。終於，因為我的母親和別的幾個人很希望我有經濟上的幫助，我便回到中國來；這時我是二十九歲。

我一回國，第二年就走出，到紹興江西州的兩級師範學堂做化學和生理學教員，第二年就走出，到紹興中學堂去做教務員，到底被拒絕了。但革命既起，我就被任為紹興師範學校的校長。到南京政府成立，教育部長……我便到北京；從此一直到現在大都在教育部裏辦事，兼做北京女子師範大學和北京大學的國文系講師。我在紹興中學時，曾做過小說……到一九一八年，才……做起小說來了，這是因為我的一個朋友錢玄同的勸告，現在是收在《吶喊》這本書裏。這時才用「魯迅」的筆名（Pen name）；也常用別的名字做一點短論。現在是我已經印成的又有一本《中國小說史略》。

（一九三○年五月，魯迅自傳。）

Mr. Lusen in his study

著作時之魯迅　梁得所攝

魯迅先生不久前從廈門到廣州，後來兩廣教育界同事多設法挽留，不使北行，近又來滬上。我第一次和他相見，是在他住址的廣州，後來再見面卻是在上海了。

我和魯迅先生的會面，次數不多，而所得的印象卻很深。

魯迅先生是一位和藹的人……

把攻擊他的人……

梁得所採訪魯迅記刊于《良友》畫報總第25期（1928年4月號）

鲁迅的神采和生活环境的，富有代表性的留影之一。"落选的四张，头像那张离镜头太近，像面部特写更像漫画，简直有损鲁迅光辉形象。站立的那张，构图不佳，鲁迅的头顶着书架，长袍袖口露出的两手，一只长一只短。坐姿的另两张也不错，后来鲁迅的诸多雕像，多为坐姿。这点小事，还引来鲁迅二弟的闲话，"死后随人摆布，说是纪念其实有些实是戏弄，我从照片看见上海的坟头所设塑像，那实在可以算作最大的侮弄，高坐在椅上的人岂非是头戴纸冠之形象乎？假使陈滢辈画这样一张像，作为讽刺，也很适当了"。

诗者李金发，天时、地利、人和，三不沾，《美育》曲高和寡，没法子与广为人知的《良友》画报比，邀不来鲁迅的稿子照片都没关系，但有鲁迅这封信和这句话传世，足矣。

我呢，恰巧收藏有《美育》杂志，恰巧收藏有那几期的《良友》画报，恰巧比较多地知道鲁迅和梁得所的几次交往，因此心甘情愿给鲁迅这句话做个小小的注脚，虽然这几天北京天气闷热难耐，却乐在其中。

2019年7月5日

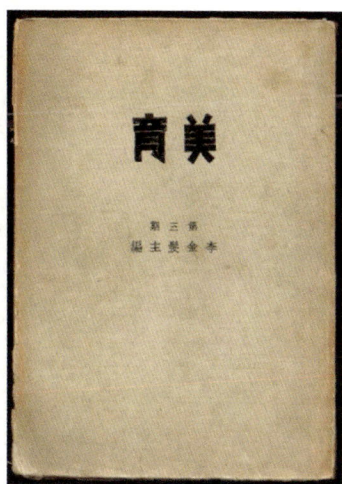

李金发主编《美育》杂志

《良友》画报封面

徐讦与《天地人》的故事

　　徐讦（1908—1980），很有名的作家，他的长篇小说《风萧萧》很有名。1934年4月林语堂主编的小品文半月刊《人间世》创刊，请来了徐讦和陶亢德当编辑。这段履历，对于徐讦来说，也许微不足道，可是对于我这个"林语堂迷"而言，从此出发，爱屋及乌地开始全力搜求徐讦的"出版物"，尤其是徐讦自己主办的小品文风格刊物。搜集难度最大的要算《天地人》和《七艺》杂志，两者相差四十年呀，《天地人》1936年3月在上海问世，《七艺》1976年11月在香港创办。想一想，都会觉得生命的短促和悠长。28岁的徐讦能够预见到自己68岁之时，还能够创办一份新的刊物吗？

　　徐讦在《人间世》做事，却因为林语堂与鲁迅的一点儿不愉快而殃及池鱼。鲁迅1934年8月13日致曹聚仁信里称："看近来的《论语》之类，语

1

《七艺》杂志书影

堂在牛角尖里，虽愤愤不平，却更钻得滋滋有味，以我的微力，是拉他出不来的。至于陶徐，那是林门的颜曾，不及夫子远甚远甚，但也更无法可想了。""陶徐"即陶亢德、徐讦。鲁迅看不上徐讦，由于是私信所言，徐讦当时是看不到的，就算后来看到了，亦不至于生多大的气，鲁迅的话并不重么。倒是后来的研究专家生生往一块胡拽瞎连："鲁迅这封信，收信人曹先生曾公开发表，徐讦当然不会不知道。徐讦上世纪50至80年代与曹聚仁同在香港，接触甚多。鲁迅对林语堂先生的不满以及对他和陶亢德的'迁怒'，他应该是一清二楚的，然而在事实和真理面前，他却不计鲁迅对他的'迁怒'，为鲁迅仗义执言，这实在也是难能可贵的。"（2006年8月袁良骏《徐讦缘何为鲁迅鸣不平?》）

　　徐讦作为编辑，约稿乃分内之事，尤其是向名家邀稿。鲁迅日记中记有徐讦的来信多起，显系为《人间世》约稿。鲁迅不给《人间世》供稿，不单是对林语堂、对小品文看法吧，你想想啊，《人间世》创刊号，大张旗鼓的"卷首玉照"是鲁迅的二弟，开篇又是二弟的《五秩自寿诗》及一堆林语堂们的和诗，鲁迅能舒心吗? 鲁迅对《人间世》的厌恶之心，全然表露在给陶亢德的回信里了（1934年5月25日）。此信极尽挖苦嘲讽之能事，究其原

徐讦与林语堂合影

因，应该与一个半月前的《人间世》创刊号有着跑不掉的关系。现在是写徐訏和《天地人》，《人间世》的好玩事以后再写。

等到徐訏自己做《天地人》主编之时，仍然没忘了向鲁迅约稿。鲁迅1936年4月11日日记："上午得徐訏信。"鲁迅没有复信。值得一提的是，1935年12月3日鲁迅日记："得徐訏信。"隔了一天，12月5日鲁迅日记："复徐訏信。"鲁迅的复信出现在1939年8月20日上海《人世间》杂志（徐訏、陶亢德主编，第二期后改"人间世社主编"）第二期的《作家书简一束》内。人们常常将孟朴主编的《真美善》杂志写成《真善美》，张爱玲在《小团圆》就写错过。同样，《人间世》也经常被错念为《人世间》，这是习惯的力量。

徐訏没有约来鲁迅给《天地人》稿子，似乎还是受到了《人间世》的影响，这个影响可以从创刊号的朱光潜《一封公开信》明显看出来。朱光潜文章的小标题是"给《天地人》编辑者徐先生"，直截了当的教训口气："你主编的《天地人》还没出世，我不知道它的信质如何。你允许我们把它弄得比《人间世》'较少年'。这叫我想起《人间世》以及和《人间世》一模一样的《宇宙风》。你和这两个刊物关系似乎都狠深，《天地人》虽然比它们'较少年'，是否还是它们的姊妹？《人间世》和《宇宙风》里面有许多我爱读的文章，但是我觉得它们已算是尽了它们的使命了，如果再添上一个和它们同性质的刊物，恐怕成功也只是锦上添花，坏就不免画蛇添足了。""我的老妈看见我欢喜吃菠菜，天天给菠菜我吃，结果使我一见到菠菜就生厌。《人间世》和《宇宙风》已经把小品文的趣味加以普遍化了，让我们歇歇口味吧。"朱光潜越说越来气，接下来吓唬徐訏："徐先生，你是一个文学刊物的编辑者，你知道，在现代中国，一个有势力的文学刊物比一个大学的影响还要更广大、更深长。"

徐訏好脾气吗？未见得，自己约来的稿子，只好用来打自己的脸。饶是让朱光潜数落了一通，自己还得费劲巴拉地写了篇更长的《公开信的复信》，一并于开张大吉的第一期刊出。说穿了，徐訏乃将计就计，为"小品文"辩

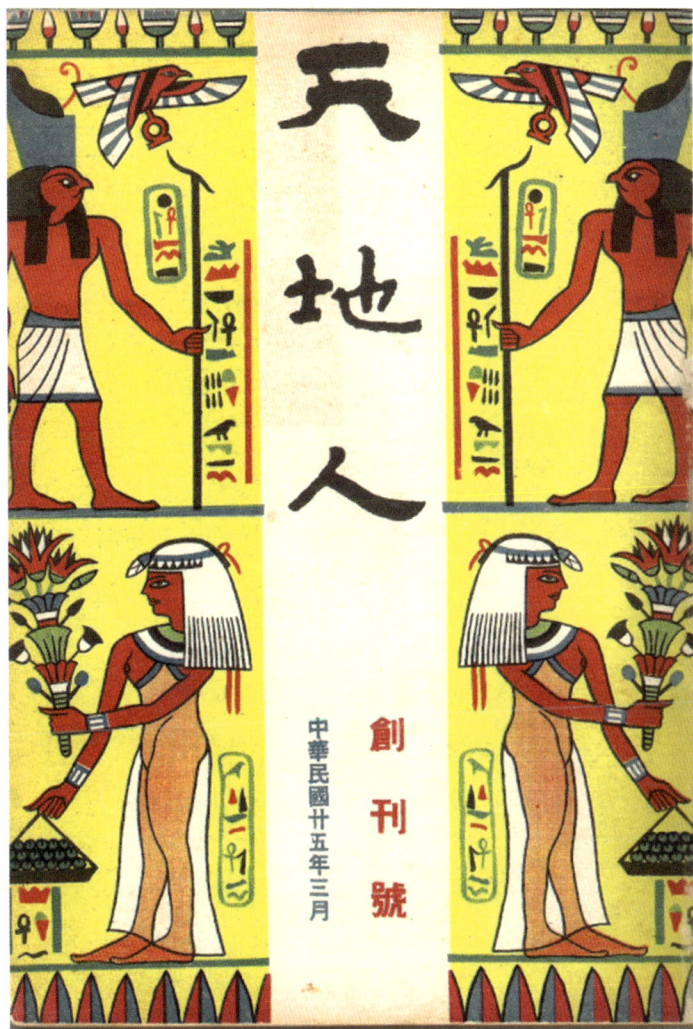

徐訏主编《天地人》创刊号书影

解和正名，稍带着刺了比自己年长十一岁的朱光潜一句："许多人都一样，大家爱听朋友的劝告，不爱听长辈的教训。"

寒舍所存全套之《天地人》，得来颇费周折。三十年前，先得零册若干，那是琉璃厂书肆"杂志大王"刘广振随手给我找来的。2003年春北京"非典"，一切人群密集的场合取消了，中国书店的古旧书刊拍卖改变了形式，改成电话竞标。这场拍卖里有一套《天地人》，2000元底价，我办了电话委托拍卖。正巧拍卖那天我没在家守着电话，去朋友家玩去了。等到拍卖时想起，赶紧打电话，《天地人》已经底价拍出去了，为此我还非常失态地埋怨了好几句拍卖行。许多年之后，布衣书局老板胡同先生打电话给我，称一个书友手里有套《天地人》想转让，价钱2000元。我习惯性地还价，胡同说人家是一口价。就这么着，《天地人》终于到手。集藏期刊不同于集书，缺头少尾的期刊，总归是个心病。

好不容易得来的全套《天地人》，当然应该研究一番，我说的研究不光是对《天地人》本身，还想知道徐讦当初怎么想起办这份杂志的种种内情。材料几乎没有，说到《天地人》全是那一句，哪年创刊，出了多少期。如果不是大禁书《贾泰来夫人之恋人》于《天地人》首次连载，沾了大禁书的光，现代文学期刊史简直无视《天地人》的存在。据我的搜寻，只有香港的一本杂志有人写过"徐讦和《天地人》"。我在孔夫子旧书网搜到了这本杂志，卖主还认识我，不是我胡猜乱疑，卖主见是我买，便谎称杂志找不到了。找不到，就永远找不到了么，你开价嘛！

在微博上交了一位新加坡书友，他听说过这本杂志，急我之所急，从朋友那儿拍了杂志上的文章传给我。文章的题目是《从徐讦、天地人谈到许钦文》。太好了，谢谢！文章说："笔者个人的感觉，那时的徐讦先生，是最有朝气，最可爱的生命刹那；我说是刹那，因为《天地人》创刊于一九三六年三月，终刊于同年七月，半月刊只出了十期。其后，徐讦先生便远渡重洋，到法国去了。"《天地人》里排名第二的重头作品，要算是许钦文的连载《小桃源日记》。许钦文那段"无妻之累"的牢狱之灾是现代文学史上的著名公案，许钦文逮个杂志就喊冤，文笔却极好，《人间世》《逸经》《谈风》《天地人》都愿意登，最终结成单行本《无妻之累》。《无妻之累》我不存，这四种初刊本杂志我却是全的，努力总会有回报。

从《天地人》，追到《人世间》，追到《风萧萧》，追到《在金性尧席上》，追到《三边文学》，追到《现代中国文学过眼录》，追到《七艺》，无心之中又知道了徐訏和言慧珠的传闻，以前听说过言慧珠和白云，和冯喆的传闻。传闻毕竟是传闻，尽管又读到了这个——"只听得爸爸（邵洵美）高声斥责之声，听不到徐訏半句回答"，徐訏在我心目中的"人设"始终不变——"最有朝气、最可爱的生命刹那"。

2019年6月2日

宋存城存，宋亡城亡
——一九三七年七月二十九日的北平城

在北京城住了六十多年，一切都是那么亲熟，一切又好像一知半解。自从看了张北海的《侠隐》、姜文电影《邪不压正》和保罗·法兰奇《午夜北平》之后，我对北京的街巷地理再次下了点功夫。所谓"再次"，是相对前几年我对于"刘景桂手刃滕爽案""慈寿寺永安塔"及"石驸马大街熊希龄故宅"的几篇考据小文章而言。我的"考据"跟乾嘉学派比不了，可是跟某些同行比较，胜算手拿把攥。

"七七事变"之后不久，北平沦陷。具体哪一天算沦陷，我以前是不清楚的，经过几个月的翻查各种资料，我倾向于"七月二十九日"而不是"八月八日"。前者是事实沦陷，后者是正式沦陷。

持"八月八日"说的理由只有一个，即日军是这天正式进入北平的，而且举行了入城仪式。报纸和民间的记忆是一致的。

"本是'遵约'不入城的日军，在四日通过了联络员之后，终于在八月八日入城了，满街上贴满了'大日本军入城司令'的布告进城了，这是我军退出北平后的第十日。"（《大公报》鲁悦明《笼城落日记》）我半问半考地问过一个"红色藏书家"，日军是从哪个城门入城的。红藏家答，阜成门吧。实际情形，《笼城落日记》说得很清楚："这次中国官方告诉中国人说是'小住即去'的日本兵，但在布告上宣称为'维持治安'而来，并没有'小住即去'的意思。日军系河边旅团，约三千人及机械化战队，分在彰仪门、永定门及朝阳门三路入城，分住在天坛、铁狮子胡同及旖坛寺等处。十二点正开始入城，在天安门前集合，一共戒严约四小时，使得全市人民观看，及全市警察的出动。"

时任北平市警察局局长的潘毓桂于《卢沟桥事变后北京治安纪要》(以下简称《治安纪要》)里八月八日记云:"照料日军入城休息。"

八月九日记云:"短期休息之日军分三路来平,第一路入永定门,第二路入朝阳门,第三路入广安门。午前十一时全体集合于东长安街,再分赴预定驻扎所。除派精敏长警分途步哨并亲赴各处招待以示慎重而表欢迎。"

同日又记云:"检查二十九路军要人住宅。二十九路军虽退,要人住宅犹存,若不施行检查,深恐包藏祸心。爰会同日本宪兵队检查宋哲元、秦德纯、冯治安、陈继淹、雷嗣尚五处住宅。计宋宅检出往来信件书籍地图及无线电机,秦陈二宅检出书籍信文各件,冯宅除书籍信文外,尚检出猎枪四支无线电机一具,雷宅检无重要文件。检查完毕均将各宅封锁,以免宵小偷窃而备公共之用。"

十日记云:"遣散二十九军残部。"

这个潘毓桂(1884—1961),乃北平沦陷后的枢要大员,他的《治安纪要》是第一手的材料,自七月二十九日"北平市政府令转奉冀察政务委员会令委潘毓桂为北平市政府警察局局长",至一九三八年一月十五日"任天津市市长",逐日记录。潘毓桂称:"兹以行箧中积存此类文稿,因其略于国变史实有关,不忍毁弃,爰命当日曾与斯役者二三人整理编次择要汇辑成书。"

一九三七年八月八日《新北平报》称"前方日军部队 今日来平 由永定门朝阳门光安门三门入城 分驻天坛游坛寺铁狮胡同",又称"日方深恐地方人心惊异……日内仍分别离平"。

说完了"八月八日",再来说说"七月二十九日"。

一九三七年七月二十九日《新北平报》称"宋哲元秦德纯等 昨夜联袂赴保",而前一天二十八日的报纸还在坚称"对方任何无理要求 我当局决不接受"。二十九日和二十八日之《立言报》也持同样报道。若以版面美观比较,《立言报》优于《新北平报》。

宋哲元二十八日晚接蒋介石电报:"速离北平到保定指挥勿误。"同时蒋

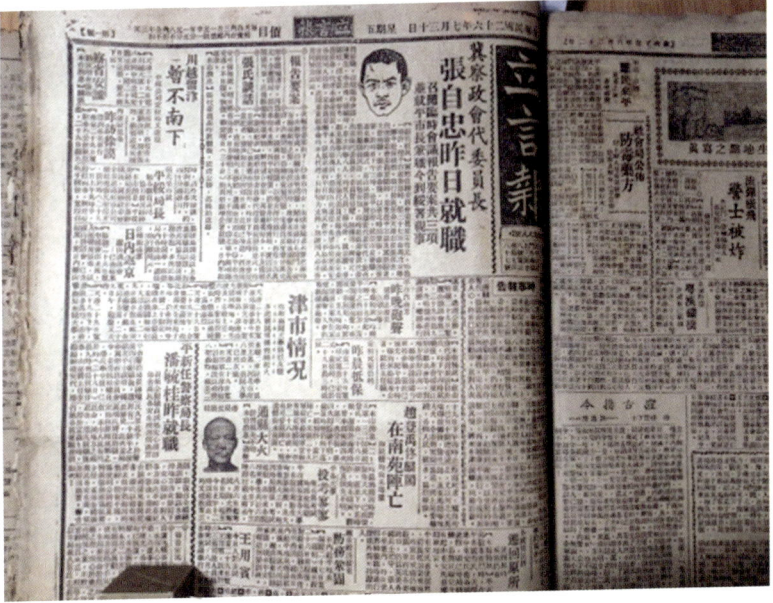

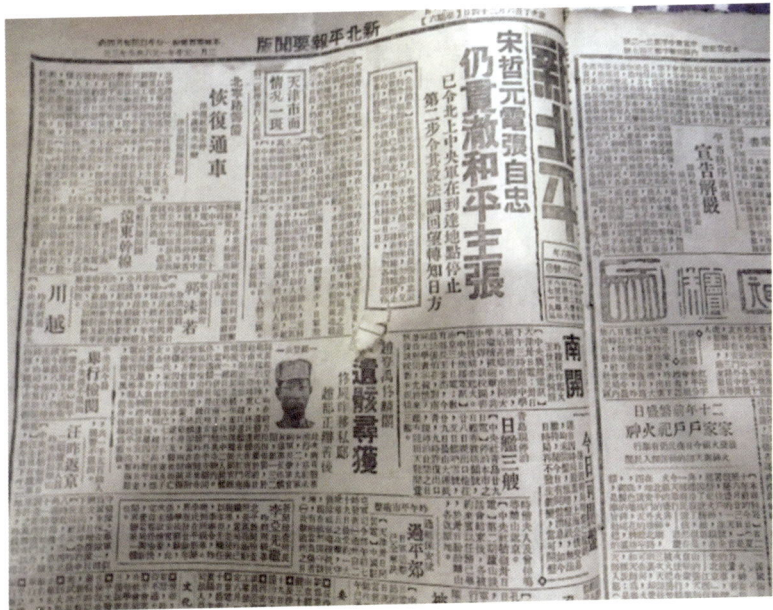

《立言报》《新北平》报关于"七七"事变的系列报道

又致屯宋哲元副手秦德纯："无论如何，应即硬拉宋主任（哲元）离平到保，此非为一身安危计，乃为全国与全军对倭作战效用计也。"

宋哲元留下张自忠与日方谈判，连夜乘汽车出西直门奔长辛店，然后改乘火车赴保定。驻守北平城内的29军37师、132师也陆续撤出北京，北平留有29军的两个团改为保安队，与警察局一道负责维持秩序。

北平，一夜之间，已经成为不设防的城市。

作家李辉英在《故都沦陷前后杂记》里写道："七月廿八日，全个北平城宛如着了火，人们如醉如狂的情形，喜形于色的愉快，全然是因为我们的军队获得了莫大的胜利。……可是，不对，人们白白欢喜了。第二天，这难忘的七月廿九日，早晨起来，人们已经不能在街头望见廿九军兵士们的踪迹了，徒手警察垂头丧气地在岗位上徘徊，卫生局搬运秽土的工役正在撤着麻袋。怎么一回事情呢？不一会儿，全知道了：'廿九军撤退了。'这是因为南苑那方面打了败仗。昨天的叫人兴奋的消息，到这时由各方面证明出来那是虚伪的。也许是撤退前的一种掩护吧。于是，这座文化古城在没有守护中沦陷了。"

作家王西彦似有先见之明，城陷之前十天逃离了北平。后于《屈辱的旅程——记一九三七年七月十九日下午》里王西彦写了"帝国武士"的横蛮无理，送行的朋友嘱咐王西彦："如果受到无礼的检查，你要忍受些。……这不是讲情理讲勇气的地方。出了北京城，过去便是丰台，那里是经过一个敌国的国境，生命像顽童手里的小青蛙，开箱翻箧或者诘问几句算不了什么。"王西彦的文章写于"一九三七年七月二十八日上海"，也许第二天或第三天，王西彦的心情将更为复杂，有一点儿庆幸，有一点儿为留在北平城里的朋友担心。

一九三七年九月《宇宙风》杂志载"老向"文《故都暂别记》，内云："七月二十七日，廿九军发出守土抗战通电，故都市民莫不异常兴奋。……廿八日清晨，甫起床，飞来敌机无数。生甫五月小儿，闻嗡嗡之声，于母怀中笑而且跃。宁儿厉声斥之曰：什么时候儿，你还笑呢？……翌日晨，至八时，仍无报童呼声。敌机未飞来，亦未闻枪炮声，街上寂静如夜。正惊骇间，工人自外来云：'又出了卖口子的汉奸，廿九军退走了。'余不之信，斥其造谣。匆匆出门去，至西四牌楼，则商家闭户，电车停驶，并岗警一名而不见……少顷买新闻纸一张，称'时局急转直下，宋哲元昨夜退出城去，委张自忠为冀察政务委员会代理委员长'矣。晴天霹雳，惊愕几失知觉。强自镇定，垂头归家，见拙正对报纸流泪，儿女辈亦各呆若木鸡，呜呼，故都沦陷于民国廿六年七月二十九日。"

宋哲元，一身系北平城之安危。宋存城存，宋亡城亡。老百姓的直观，从来没有错判过。

2019年7月1日

谈谈"十七年书"的搜集

约三十年前，藏书家姜德明先生说过一段话："我也说不清楚，是不是从我们这一代起就不能真正做一名现代文学的藏书家了。因为谁都知道，在全国各大城市的所谓旧书店里，若想找一本1949年以前出版的文学书籍已经难乎其难。当然，有志于搜集建国后出版物的尽可去努力，当个藏书家的梦还是可以实现的。"(《书廊小品》小引)

姜先生在关上一扇门的时候，又为我们打开了另一扇门。

我在领悟这段话的时候，稍作修订，将"新中国成立之后"的时段截止到"1966年"，即已有权威界定的"十七年"(1949—1966)。

其实不单是图书史可以用"十七年"来划分一个时段，邮票史更是先行一步，你只要随便打开一本邮票目录，就可以看到"纪，特""文革""JT"等划分，这里面的"纪，特"邮票即相当于"十七年书"。

十七年图书的时代痕迹非常鲜明，无论是书籍装帧的风格，还是做书的材质，很容易与之后年代的图书区别开来。十七年初期繁体字一统天下，所以你只要瞄一眼书名，便可以大致判别这是哪年出版的书了。

喜欢繁体字的朋友可以将这个阶段的图书作为搜集方向。有一个捷径在这里透露一下，四大名著《红楼梦》《水浒》《三国演义》《西游记》是许多书友的最爱，但是论收集难度当然是1953年前后的版本了，竖排、繁体、插图、精装，缺一不可。我奋斗多年，只有《三国演义》搜集得比较满意，《水浒》1953年人文社的大白皮红书名的三卷本最不易得，精装本更是我的梦想。小说由于传阅的人多，所以留传下来品相上乘的极少，邋遢本居多，不讲究书品的书友尚有机会。

笔记掌故类书籍，当然也是"十七年"出得正统，原因是那个时期的编辑多为"资深人士"，更有些老编辑是从三四十年代一路干到新中国，水平超今天的小编几条街。1955年三联书店的《骨董琐记全编》，1962年北京出版社的《琉璃厂小志》，1957年古典文学刊行社的《历代笑话集》和《东京梦华录》等书，我痴爱至深，"往往一书而再易三易，以薪惬意而后快"。《历代笑话集》前后我竟买过八本，此书版本异同，有时只在乎有无勒口，勒口可使书面不易撕坏。

已故藏书家田涛先生曾经鼓动关注"大型画册"，如今看来确为先见之明，现在大画册价格发展迅猛，于高位横盘，工薪阶层只有观望的份儿了。1959年新中国成立十周年大庆，出版了一批献礼书，大画册一马当先，声誉最隆的当属《中国》，巨型巨厚，连藏书家叶灵凤也赞不绝口。我于潘家园旧书摊多次见到此书，却终于没买，一来觉得不实用（大而无当），二来觉得价钱高（书品亦难得全品），千元以上的书总是令人踌躇不前。

大画册里有一本叫《建筑十年》(1949—1959)，精装是必须的，铜版纸是必须的，照片更是必须的，当然重量还是必须的。这么重的庞然大物只有摊在桌子上才能安安稳稳地赏读。首都的天安门广场当仁不让地占据首页，"十大建筑"紧随其后，接下来是全国各地的新兴建筑及古建的"旧貌换新颜"。我刚才说到的画册的实用性，居然在《建筑十年》里完美体现，这个体现绝对是私人性质的，也许只对我一个人产生意义。我在北京住过的一个地方叫"洪茂沟"，住了十五年之久，经历了人生重要的一个阶段，修正了人生观，改正了世界观。《建筑十年》里展现了洪茂沟初建的图片，这真令人惊诧——很少有人知道自己住房的初貌，我却很想知道："洪茂沟住宅是首都建筑施工工业化的试点工程之一。经过工地职工的努力，连续创造了十一天和八天完成一栋四层住宅的快速施工纪录。"

补充一句，大画册里尤以美术画册增值惊人，价钱过万的品种比比皆是。

不知道有多少喜欢收集大套书的朋友，我自作多情地来推荐一套，所谓大套，还是大不过"二十四史"的。五十年代初，神州国光社出版"中国近代史资料丛刊"十种，每种四本至八本不等，一字排开的话，颇具插架之壮观，放在书柜里占据满满两格。这套丛书我虽喜欢却没有买齐，不是不好买，而是书品难如人意，如果你再追求一版一印的话，难度更大。初版是带护封的，护封极娇嫩，不是扯坏了就是脏兮兮，对于讲究完美的朋友，这是个两难之选。《太平天国》八册，我所存者是全护封全品，极难得。《戊戌变法》四册，厚本，一本顶两本，所存只够八品，虽然护封凑齐了。《义和团》四厚册，除了平装本之外，还有精装本，这就让人想象了，另外数种出没出过精装版呢？所以说，搜书如翻山越岭，过了一山又一山，累个半死，难达巅峰。

"十七年书"里当然不能遗漏了鲁迅，鲁迅全集、鲁迅选集、鲁迅日记、鲁迅单行本，作为收书专题，均大有可为，就看你下不下功夫了。细说起来太占篇幅，这里略过不表。

《播火记》封面颇具时代感

冯德英著

迎春花

《迎春花》封面有好几种，这是具特色的一种

"十七年书"里的《鲁迅选集》

　　现代文学史有"十七年文学"这样的提法，特指1949至1966年这个时间段，我稍作变通，提出"十七年书"这么个搜书专题。"十七年书"里大小专题很多，乐山乐水，每个人都可以寻找自己喜欢的品类。今天说说"鲁迅"这个专题，鲁迅全集、鲁迅选集、鲁迅单行本，不用说，第一热门！若再细分一下，全集最受追捧，1956年的"鲁迅逝世20周年纪念版"是第一部全集，以后不断地出新版，一版比一版精致豪华，其中"刷蓝本"最为名贵。

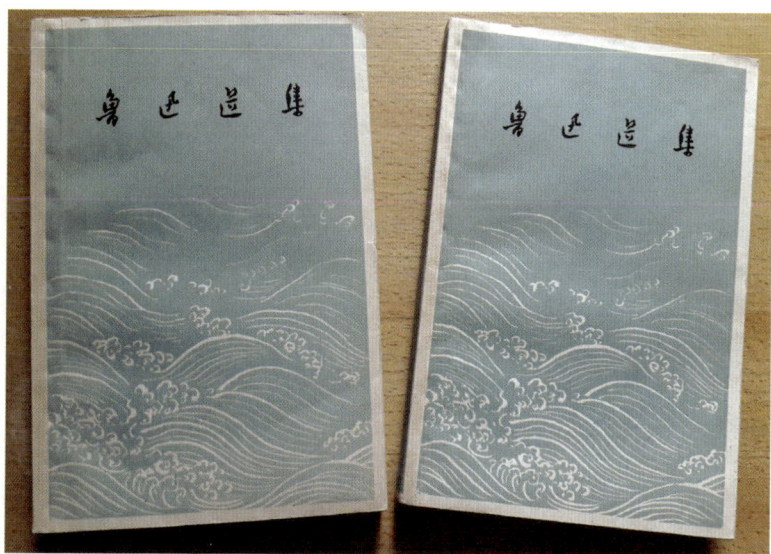

庞薰琹设计封面的《鲁迅选集》

最后说说"十七年书"里拥趸最多的一个专题——长篇小说。大略地讲，自1949年海燕书店的《新儿女英雄传》到1966年的《欧阳海之歌》，够收藏档次的长篇小说（不含翻译小说名著，那是另外一个版本专题），我个人认为约三五十部，各花入各眼，有哪位认为有一百部的也无妨。如果给这些长篇小说拉个榜单的话，前十如下：《红旗谱》《红岩》《青春之歌》《林海雪原》《烈火金刚》《苦菜花》《敌后武工队》《铁道游击队》《三家巷》《创业史》。谁曾想到，当年这些印数过百万的小说，今天若想淘购到绝品之册，其难度系数一点儿也不低于民国珍稀版本呢？

2016年6月17日

夜有行人，他在门前走来走去，看门还闭得紧紧。走上石阶，隔着门缝看了看，严萍的小屋里还静静的。只好呆在阶石上看着西方的一颗星星发怕。

正哦哦哦哦哦的门四扇关着的大门，听得小东屋门一响，一阵皮鞋声，门咯吱的开了，严萍出现在他的眼前。

严萍征了一下，笑了笑，说，"同志！你来得好早。"说着，伸出手来。

江涛握住她的手说，"天还早，就来等你了。"他也笑了。

街上冷冷清清的，忽然刮起一阵新鲜的风，有两只早起的云霞，高高的挂在天空上飞窜。街口有个卖菜的小贩，拉起嗓子吆喝。两个人顺着街同向北走去，把传单塞到沉睡的大门里里。走到城根向东一拐，江涛站在拐角的地方望，严萍把传单贴在墙上。看见小胡同里写着的标语，是严萍的笔体。江涛说，"为什么在这边处写这么多的标语！这等于说'此地无银三十两'！"

严萍说，"别的地方还不一样……我害怕，不敢到别处写呢。"

在关东大部地区沦亡以后，中共保属特委，为了支持群众的爱国热情，反对不抵抗政策，发动了党团员及广大群众，进行抗日活动。抗日力量在这个市区，完全有这种魄力，一道命令下去，能动员千百人飞行集会，粉笔队遍白保夜市的墙壁。

江涛沉默了一阵，说，"唉！为什么都这样！习惯乡村里去吧！没'人'去过的地方，还没有个'人'。城市小，'人'倒挺多。"

走到一个红油大门，门前有两棵树，象是阔人的公馆，严萍在一边看着，江涛把亲手画的一张讽刺画贴在门上，是讽刺不抵抗政策的。两个人并步走着，江涛说，"要俄着心儿研究工作方

346

《红旗谱》插图之一

简用嘴巴在整理自己的翎毛一样。她一面听，一面点头表示赞成。听完了工会，她又跟了一句，"这些事情，你问过你二哥没有？"周炳说，"还用问么！二哥一定是赞成的！他的想法一定跟我的想法一样！"区苏也只是点点头，没有再理睬，又坐了一会儿去就走了。

不久，台风刚静下来，周榕被从乡下回来了，他告诉周炳，他要找省委去了，什么时候再来，很难说定。他又告诉周炳，黄家家里有一个时事讨论会，要他接手去参加。最后他把区苏的通讯处地点和时间，也告诉了周炳。周炳喜出望外，又施展不定地接受了这个在他认为是很亲亲亲的委任，只简单的说，"你到香港去！"周榕很红了，想了一会儿，说，"不告诉他们吧。只叫区苏一个人知道就算了。没啥叫他们多操心一份儿！"周炳心里想道，"看样子，二哥好象是个共产党员了。不用跟姆妈想当面子的啊！"随后他想到自己这回可以随车半年东那沉愁思期的俭苦的生活，可以和心爱的朋友们握笑说天，大家一起商量革命的大事，那委抱之情从心的深处涌泉，一股高往上潮，才把那腊同冲淡了。他千不久，周榕把把一个新来到的悲楼子打开，弟子收拾行李。周炳带着他通过这道关，一面把自己记熟了"共产党宣言"之后所想的事情，大概对他讲了一遍，周榕一边听，一边交着一声点。后来周炳把习给陈文炳的信，拿出来给他看了看，并且陈陈文炳带封过，是某某革命的。应陈叫他也参加工人们的时事讨论会。周榕看了那封信，好想点了一起，就说，"阿炳，我看着这样，我不能够赞成。说老实话，陈家这几锦锦，我俩看着他们之间有什么区别。至于发髻，那是不能当真的。不，我最喜欢他们的发髻不能当真。你记得么？李民邑、陈子彦、陈文雄、何守仁、加上我，我们早几年就发过誓要革命

272

《三家巷》插图之一

13

1949年初版《新儿女英雄传》彦涵绘封面

彦涵绘《新儿女英雄传》插图之一

单行本收全了其实就是没有全集外形的全集，可是多数人嫌麻烦，不去专门搜集配齐单行本。单行本里有一种"绿皮本"（偏点黄色），我最中意，搜配到二十种，若不讲究品相的话，其实很容易集全的。

我以为若论关注度，排在全集、单行本之后的才是选集。选集的优缺点都比较突出，若想全面地深入地阅读鲁迅，选集之外还是应该备一套全集，这样的话，选集又好像是多余的、浪费的。怎么形容"选集和全集"的纠结呢？这么比吧，唐诗万千首，《全唐诗》之外还是《唐诗三百首》最受欢迎。

对于全集、单行本、选集的搜集，我的观点是"一视同仁"，有时候甚至更偏爱选集。入手最早是全集，居然搞了五六套，有点过分吧，如今已收手。单行本两三种，没有一种是全份的，现在也不大上心了。唯有选集，一直孜孜以求。其实可供收藏的选集就那么五六种，进展缓慢的原因是所遇少有全品的，如果"揽进篮子便是菜"的话，早就集全了。陶湘买书"往往一书而再易三易，以蕲惬意而后快"。我辈那点破书当然没法跟大藏书家相提并论，可是犟脾气也许相差并不悬殊。

选集出得最早的是1952年开明书店，上中下三册，平装本带护封。二十几年前，潘家园尚处"荒蛮时期"，好书多，价钱也便宜，造就了几位大藏家。当时这套选集只要了我十块钱，平整干净近乎全品，第一套选集入手，使我开始留意选集了。1956年"二十年纪念版"全集推出的同时，还出版了《鲁迅选集》。这套选集是四卷本，好像只有第一卷既有精装又有平装，其他三卷这么多年我从未发现过精装本。第一卷的精装本带有护封，精装书理应带护封，这是西洋书的"标配"，"十七年书"在这方面没有学走样。顺便提一句，精装书如果做了书套，护封似乎可省免，因为书套对护封很有杀伤力，一不小心就划一口子。

此外，两卷本的选集，我见过两种，一种是白皮本，一种是庞薰琹设计封面的浅蓝皮本。多卷本的书，最忌薄厚不一，插在书架上怎么看都不舒服，民国版《半农杂文》是个坏典型，薄厚不均尚能忍受吧，而这书一大一小，一精装一平装。庆幸的是，两卷本的鲁迅选集没有这种情况，以"庞本"来说，上卷360页，下卷390页，相差30页，却不那么显形。不管是全集、单行本、选集，鲁迅书的面目总是望之俨然，而庞薰琹的这个封面突破了观念的桎梏，给我们带来了欢悦的浪花。

2016年6月20日

插图本《林海雪原》寻获记

也许"十七年（1949—1966）文学"，只剩下点儿收藏的价值了，如果你非得说什么文学的意义，我觉得"十七年文学"还不如鸳鸯蝴蝶派文学呢，朱自清曾说："新文学家虽诋此派作家为文丐，但彼等对于新文学的功劳，却亦不小。"我所谓的"收藏价值"，集中表现在"十七年"的长篇小说里，而非其他散文或诗歌等品种。这么说还不如直接列个价格表来得触目惊心：

布面烫金精装，初版，有护封插图本《苦菜花》，5000元。

精装有护封，刘旦宅插图，品佳《红日》，2500元。

1958年一版一印插图本，近全品《敌后武工队》，3000元。

1964年一印精装本，私藏无护封《桥隆飙》，6500元。

吴作人封面画，精装有护封，私藏《林海雪原》，6500元。

1959年一版一印精装，私藏品相好《青春之歌》，7000元。

1950年海燕书店版，彦涵签名本《新儿女英雄传》，2000元。

1962年4月布面烫金精装初版，私藏品佳，仅印430部《晋阳秋》，5000元。

1954年繁体竖排大25开版《铁道游击队》，2000元。

1962年二印，印数1000册，非馆藏，精装带护封，护封有破损《红岩》，6000元。

大32开布面精装有护封，黄润华彩色插图《红旗谱》，5000元。

1960年一版一印精装，私藏品相佳《创业史》，6000元。

1959年布面精装初版，精美插图大32开，品佳有书衣，仅印1000册《山乡巨变》，2000元。

大32开布面精装书脊有签，封面右下角有点像油迹《保卫延安》，800元。

1959年绸面精装初版带护封，彩色插图本大32开，品佳，仅印1000册《迎春花》，6000元。

1958年11月的版本《烈火金刚》，2030元。

精装本稀少品种，只印1000册，品好《播火记》，4000元。

精装一版一印，作者毛笔签名赠作家华嘉《三家巷》，3600元。

护封精装本，个藏品佳《欧阳海之歌》，3000元。

1959年北京一版1965年哈尔滨第一次印刷，上下册全，私藏《平原枪声》，760元。

以上对于书的版本和状况的描述全部来自卖家，如"个藏"，即"个人藏书"，以区别"馆藏"，这是书贩们习用的"术语"。

我很早就开始动手收集"十七年书"，那个时候没人跟我抢，书价也很便宜，十块钱算顶天的价了，等到大伙儿都觉醒过来，肉少狼多，就造成了上面的有行有市的高价态势，对于我这样的几块十几块钱买书的书痴来说，知难而退吧。所幸的是，上面的经典品种我十之有九，不如人家的地方是护封的欠缺或者非签名本。这些经典小说当时有个精炼的称呼，"青山保林""三红一创"，正统的八部之外，我私下里也自编了八部，"新敌艳野""三花一铁"。

也许是受郑振铎《插图本中国文学史》的影响，我在搜集"十七年书"时很是留意插图本，别看这些小说动辄几十万上百万的印量，可是有些品种竟是无插图的，如《铁道游击队》《保卫延安》《桥隆飙》。在北京出版的《青春之歌》没插图，山东某出版社租了北京版的纸型之后才加了插图。若论最难找的插图本，首推《林海雪原》，经过三十年艰苦卓绝的寻寻觅觅，我最近才到手一册，书品很差，幸插图无恙。

我发现一个现象，初版本往往没有插图，往往是小说广受欢迎之后出版

《林海雪原》有多种封面，但是只有右边的这版有插图，尽管书品不佳却物稀为贵

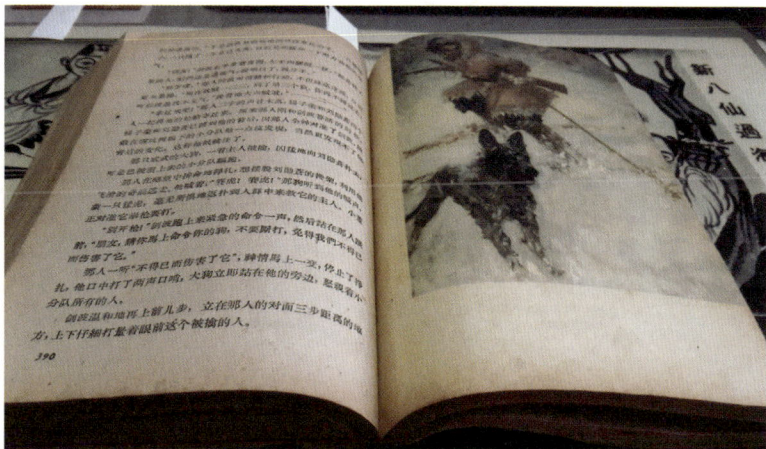

《林海雪原》插图之一

社才赶紧找画家追加插图。

　　《林海雪原》1957年出版，初版本没有插图，以后几年的各种版次也没有插图，到底哪一年哪一版有的插图？我用的是笨法子，一版一版、一年一年地筛查，看了无数的版权页，全是"插页2"（封面和封底算2个插页），即无插图。可以参照一下《插图本中国文学史》，版权页标"插页89"，里面果有87幅插图。对于不上版权页图片的卖家，我得一次又一次地问："有插图么？"

　　现在，我终于买到了插图本《林海雪原》，版权页注明"插页9"，确凿无疑地说明有7张插图，我一张张数，生怕少了一张。再看版权页"1957年9月北京第1版　1961年6月北京第6次印刷　印数760001—770000册"，也就是说插图本只印了区区一万册，怪不得这么难找。结合以往的经验，可以说虽然《林海雪原》的印量达上百万册甚至更多，但是插图本却少得可怜，以至于《初版本——建国初期畅销图书初版本记录解说》作者李传新竟亦不知1961年《林海雪原》有了插图本，"如果中文版本有插图，就更加完美了。插图本只有英文版，沙博理翻译，孙滋溪插图，外文出版社1962年6月印行"。说来可笑，我没得到插图本之前，也是买了个英文版姑且"聊胜于无"，甚至将插图剪下来冒充到中文版里。

　　给《林海雪原》作插图的画家叫孙滋溪，他画了13幅插图，中文版选用了7幅（1、3、4、6、9、10、11），敌匪除小炉匠作为杨子荣的陪衬，均未能入选，意识形态的局限无处不在。13幅中有10幅是油画，3幅为素描，画题如下：

　　1.少剑波发誓讨血债

　　2.许蝶匪血洗彬岚站

　　3.刘勋苍猛擒刁占一

　　4.小白鸽夜护蘑菇爷

　　5.栾超家跨谷飞涧

6.二道河高波献青春

7.三清殿妖道失算

8.孙达得风雪六昼夜

9.李勇奇巧避穿山风

10.杨子荣舌战小炉匠

11.姜青山路遇小分队

12.小刘小李夜宿雪原

13.大锅盔匪穴映回光

外文版《林海雪原》的插图与中文版略有出入。

20世纪90年代拍卖会勃兴，发展到今天，已经发达到"无物不可拍"的程度。2003年，嘉德拍卖公司上拍古一舟所绘《林海雪原》封面原稿，8800元成交。同年，华辰拍卖公司上拍了孙滋溪这十三幅插图的原稿，并标有原画尺寸，印刷精美，估价66万元，拍没拍出去不知道。《林海雪原》前后有过三个封面（另一位画家是沈荣祥），一直沿用至今的是吴作人封面。

2016年10月8日

画论的另外用处

二十世纪五六十年代所出图书，喜欢搜集的朋友很多，我也是热衷者。我的热衷是有原则的，书品要九品以上，装帧要雅致。够这样标准的书并不是太多，可是我不愿"降格以求"。手边这本《中国画论类编》，购于二十年前，犹记当初的喜悦之情。

买这书给我以启示：要注意印数少的书，要注意现在已不存在（或改名）的出版社。《中国画论类编》印1880册，"中国古典艺术出版社"好像只使用了十年左右。这个社所出艺术书现在多成了高价书，如《宋人画册》《伟大的艺术传统图录》。这个社还出过日记本，名《美术日记》，制作考究，外面还有个函套，我一直舍不得真往上写日记。

《中国画论类编》书影

这书的方方面面都很讲究，字为繁体字，版式饶有古意，一千三百页的大书分上下两册。我一直喜欢厚书。我还有一个小的癖好，搜集“版权页”——有“个性”的版权页（五十年代前期私营书店、私营出版社所出书），如今千篇一律的版权页我不关注。《中国画论类编》的版权页不够“个性”，但绝对美观。

这本大书的编撰者俞剑华（1895—1979），在《前言》中说：“本书主要目的在供给研究中国画论研究者以较为充足之资料，以省寻访搜检之劳。”我显然不在这书定位的读者之列，没关系，不是画家，不懂中国画的理论，一点也不妨碍阅读的兴趣。我自有一套阅读的方法，简言之，拿它当文言小品文来读，内在的绘画技法亦不难领会。

姑举几例：

元朝饶自然称画画有十二忌：“一忌布置迫塞，二忌远近不分，三忌山无气脉，四忌水无源流，五忌境无彝险，六忌路无出入，七忌石止一面，八忌树少四枝，九忌人物伛偻，十忌楼阁错杂，十一忌滃澹失宜，十二忌点染无法。”除了最后两条，都不难理解吧。世间万事，皆有自己的“忌”，只是我们不善于归纳罢了。所谓“忌”，即通常所说的“注意事项”。

明朝徐渤说：“画家人物最难，而美人为尤难，绮罗珠翠，写入丹青易俗，故鲜有此技名其家者。”大家都知道这句“画鬼易，画人难”，也知道徐悲鸿画马知名，齐白石画虾知名，黄胄以画驴闻名天下，擅长画鱼的画家很多，其中不乏女画家。可是若要称呼哪位是“美人画家”怕都不合适。

“书画同源”的道理大家都知道，所以在“画论”里出现很多的书法术语也就不奇怪了。比如：“用笔之法在乎心使腕运，要刚中带柔，能收能放，不为笔使。”“用笔三病：一曰板，二曰刻，三曰结。”

我前面说的“文言小品文”，有两层意思：比较浅显的文言有助于我们领略“古文之美”；高深的理论以“小品文”的写法来表现，有助于我们提高作文之道。

陈丹青于《山高水长》里说："古典画论原是一整套精致的'形容词'谱系，犹如珍贵的画局留白，既可妙悟，亦足误解。"这里的"形容词"与"古文之美"是一个意思。陈丹青讽刺今天的美术理论家："他（董其昌）能读懂今日的美术文论吗？倘若宋元匠师联袂出席京沪'国画研讨会'，谅必有口难言。"

2016年1月16日

九十岁的《良友》画报

最近又从旧书网站配到几册《良友》画报，其中一册是"65周年特刊"（1991），猛然想起今年是《良友》画报九十岁生日，虽然不知道它是不是仍在正常出版，但是对于这本中国最有名的画报，总想着写点纪念性的文字。我所存《良友》画报最近的期数到2001年的总187期（自1984年二度复刊算起），此时的封面女郎已不是民国的"电影皇后"胡蝶或"标准美人"徐来，这是位现代女子，面对的是电脑后面的网络世界。再仔细看看，187期是"75周年特刊"，上面还有"非卖品"三个字，令人疑惑。进入新世纪之后，《良友》画报生死未卜。前世今生两茫茫，那就谈谈它的以往吧。

什么是画报？查《辞海》，查《简明不列颠百科全书》，有"期刊"的定义，而没有"画报"的定义。但是，说画报是"以图画（照片）为主，文字为辅"的期刊，应该是没有问题的。图与文，谁主谁次，是画报区别于一般杂志的分水岭。萨空了在《五十年来中国画报之三个时期》中说："中国之有画报，半系受外国画报之影响，半系受传奇小说前插图之影响，此应为一般人之所公认。"现代画报的诞生可以追溯到20世纪初，甚至更早一些。在现代文明史的百年历程中，画报作为一位忠实的记录者，其地位远比我们想象的重要得多。可是现在如果要开列一个完整的、无一缺漏的老画报目录，几乎是做不到的。一个世纪以来的公、私图书馆，没有哪一家专门将画报收罗齐全过。千百种画报，旋生旋灭，犹如一群匆匆过客。萨空了当年即感叹："然此时期之画报，终以纸劣画恶，不为人所爱惜，而散失殆尽，今日欲求得此类画报任何一类之全份，实更难于得'点石斋'一全份，而予吾人欲治中国画报史者一大打击焉。"

《良友》画报1926年2月在上海创刊，被称为当时中国印刷最精美的画报，世界各大图书馆竞相收藏全份的《良友》画报，有评论称《良友》画报是20世纪给国人从世界争得颜面的一员功臣。从1926到1945年《良友》画报出至172期后停刊。1954年，《良友》画报创始人伍联德在香港恢复《良友》画报出版，坚持到1968年再度停刊。1984年再度复刊一直坚持到我所知道的2001年的总187期，以后便与读者失联。要搞清楚这三个历史时期的《良友》画报，不能混为一谈，当然唯一不变的是伍联德手书的"良友"的金字招牌。

最早我在琉璃厂旧书店第一次看到《良友》画报，一进门有块黑板，上面写着新进货图书的价格，第一个就是《良友》画报（1926—1945，影印本），价格2600元，到货后翻了一番——5200元。八十年代这个价格是多数老百姓一年的工资呀，我彻底绝望，但是《良友》的影子始终在心底徘徊。

第一阶段《良友》，原版全份的，据称私人存藏的仅马国亮、赵家璧等二三人。马国亮是《良友》画报的编辑，后来写出了一本书《良友忆旧——一家画报与一个时代》，应算作第一本为画报作史传的书，这种书在中国也是没有第二本的。赵家璧是良友图书公司的编辑，所以他拥有一套也不奇怪，后来捐给了北京图书馆。十年前我去该馆为拙著《创刊号风景》拍反转片，那是一间专门的屋子，设备齐全。记得桌子上放着一大本合订起来的《良友》画报，我随手翻了翻，心想是不是赵家璧捐献的那本啊，可能是也可能不是，像北图这样的大馆，复本应该有不少。

前前后后二十来年，我陆续从各种渠道买到了几十本《良友》画报。第一本是从中国书店六里桥库房那儿买的。库房在地下（防空洞），地上有十几架子的旧书报刊对外卖，知道这个地方的读者很少。当时架上有四五本《良友》画报，每本150元，我只挑了一本，是第一〇一期，内容极其精彩的一期。查1994年3月23日日记："星期三，晴，上午骑自行车奔六里桥，正赶上修路，几乎无法骑行，又吃土又颠车，快到时在路旁吃两烧饼一碗豆腐脑，到地方才九点十分。从从容容挑书看书，小韩从下面上来说下面不让

《良友》画报书影

《良友》画报书影

下去了，也好，口袋里钱少，下去也徒生烦恼。久寻不获之《良友》今天见到了，1935年新年号（总一〇一期）一本即150元。"购书发票尚夹在日记本里。我知道此时自己的困境，说过好几遍"这一年是前半生最难过的一年"，但是仍没有忘记《良友》画报，如此痴爱，我被自己感动。

说起《良友》画报初创及进展为一流现代画报，不能不提到它的第二任主编梁得所（1905—1938）。马国亮评价说："伍联德是中国第一个大型综合性画报的创始者，梁得所是把画报内容革新，奠定了画报地位的第一个编辑者。在中国画报史上，两人的功绩是不可磨灭的。"梁得所的另一功绩，是成功地说服了鲁迅，将鲁迅照片及采访内容，以全新的面目刊载于《良友》画报（第25期），正如马国亮所说，"成为最能表现鲁迅的神采和生活环境的，富有代表性的留影之一"。我很幸运地购藏了这一期《良友》画报。

第二阶段（1954—1968）的《良友》画报在香港出版，老板还是伍联德，版权页写有"良友画报海外版"，表明它的根还是在内地。这个时期的《良

《良友》画报书影

友》画报，搜集的难度居然远超第一阶段的，我从未在地摊上见过一本。中国书店到底实力雄厚，被我在分店买到一个合订本，三十多期（61—98期）订在一起，只售300元。第61期是1962年2月3日出版，从这期改为"周刊"。我计算了一下，发现1954到1962年八年里只出了60期，月刊的话应该出96期才对得上，这八年中可能发生过休刊一类的事故，真相如何，没人说过。最近又从网络上买到1965年3月至1966年2月的合订本，不知从何时起又改回月刊了。这次合订本的珍贵处在于它是"良友图书公司"的合订本，而不是私人改做的合订本，老期刊收藏中有一个讲究，就是指这个。

第三阶段的《良友》画报始于1984年，这个阶段《良友》画报的内容于今去之不远，读来倍感亲切。已故散文大家黄裳的作品，刊登在大画报上，再配之以黄裳的生活照片，真是悦目极了。著名国际时事评论家梁厚甫的文章，我最爱读，在画报上读来和在报纸上读，感觉是不一样的。有两个专栏也是极好的，一个是署名"双翼"的《书艺廊》，每期一题，图文并茂，如《学颜不必像颜》《康有为论魏碑》《书家的二重性》《书法艺术的闷局》；另一个是哲夫的《邮海漫话》。这个时期的封面，仍旧是女明星一统天下，偶尔一期是歌星黎明。

九十年弹指一挥间，拉拉杂杂写来，权当向耄耋之年的《良友》画报致敬。

2016年10月4日

闲话《中国近现代出版史料》

　　二十世纪五十年代前期，很是出版了一批高质量的好书，值得收集。《中国近现代出版史料》便是其中的一套大书，虽然近年已有了新印本，但是丝毫动摇不了初版本的尊贵地位。

　　关于这套书的版本情况，我简略介绍一下：

　　这套书分七种八册，简称"初，二，甲，乙，丙，补，丁（上下卷）编"。印时与印数如下：《中国近代出版史料·初编》（1953年10月出版，3000册），《中国近代出版史料·二编》（1954年5月，3000册），《中国现代出版史料·甲编》（1954年12月，3500册），《中国现代出版史料·乙编》（1955年5月，3500册），《中国现代出版史料·丙编》（1956年3月，3000册），《中

初版《中国近现代出版史料》初编、二编封面尤其美观

国出版史料·补编》(1957年5月，5000册)，《中国现代出版史料·丁编（上下卷）》(1959年11月，3900册)。

以最低印数3000册计，收集齐全套初版本的读者最多是三千位，经过几十年岁月的洗汰，三千人还会剩几位呢？执着加运气，我成为其中之一。

1957年开始二印，印数多为三四千册。与初版相比较，二印改变最大的是外观，全套书统一为黄色。受其影响，"初，二编"改掉了美丽的封面，因祸得福，"初，二编"初版的身价更尊贵了。"乙编"书名颜色初印是红色的（这套书里唯一用红），二印时被统一为黑色。

本套书署"张静庐辑注"，初印如此，二印亦如此。

本套书初印为繁体字，二印亦如是，唯有版权页等个别细微处作了简化，如初版"乙编"定价"人民币二元五角九分"，二印改为"2.59元"。此外还有一个新旧币换算的问题，如"初编"的"19000"及"二编"的"24000"换算成新币则为"1元9角""2元4角"。

说到版权页，我像喜欢"初二编"的封面一样喜欢它的版权页，特具一种旧式的美感。

或许有人会问"补编"是咋回事。"补编"的编例说明可以代为解答："本编补充搜集中国近现代出版史料初、二编和中国现代出版史料甲、乙、丙编中未及采录的一些资料，所以名为中国出版史料补编。"

那么"补编"之后又出了上下卷两册的"丁编"是咋回事呢？张静庐在"丁编"说明里也作了解释："诸编发行后，续有辑录，又承各地好友随时抄寄或指示线索，或为诸编搜罗所不及，或为诸编史实的补充，爰就所得，更辑丁编。"

我搜集这套书的时候，还不是家家有电话的时代，接打电话多是使用"公用电话"。1996年某天接唐山董国和友长途电话，称于唐山地摊见到了这套书（缺丙编及丁编下册），摊主索价300元。我马上跑到居委会那儿回电话跟董国和说买下来，那急火火的样子至今犹记。唐山大地震之后幸存的书，品相不够理想，而且盖有"中国科学院图书馆"的藏书章，书脊贴着标签，令人不喜。

为了淘换好一点儿的书品，我又在地摊上零星买了几种，老友赵国忠送了我"补编"。那一时期满脑子都是这套书，据中国书店灯市口门市部的刘师傅讲述，过去这套书长期在店里架上摆着无人问津，他自己花30元买了下来，我听了直跺脚。

这套书的实用性至今没有同类书超过它，最新一个例子，海豚出版社《金陵卖书记及其他》，编者称"《金陵卖书记》由于原书难觅，只好仍用张静庐先生的删节本"。

遗珠之憾不是没有，受意识形态影响，沦陷时期出版情况几乎不作述录，仅有的一条也是匆匆纳入"反动刊物"了事。实际上关于沦陷时期所出刊物及单行本，本有郑逸梅、李景慈等人作过长篇著录，并无明显立场倾向，作为客观史料还是应该收入的。

2016年4月23日

内部读物《古旧图书业务知识》

这是本"内部读物"，河北省文化局编。一提到"内部读物"，总给人以神秘之感，甚至以为是什么了不得的禁书。也许真有这样的书，但《古旧图书业务知识》不是，它就是一本专门的业务教材，给古旧书从业者"量身定做"的。一个偶然的机会我碰到这书，很厚，有500页，我喜欢厚书，1962年出的，那是个困难的年头，印书的纸挺黑，但是纸不糙，字又大又清楚。书前有十几幅插图，居然还有彩色的书影，明版《大学衍义》是套色居然也反映出来，不容易。

本书的前言是这么写的：

> 为了大力开展古旧图书收售工作，使古旧图书更好地为社会主义建设事业服务，兹将有关资料选编集印，供作内部学习参考。
>
> 由于选编比较仓促，遗漏或错误之处在所难免，敬希指正。
>
> 1962年2月1日

书中选了刘国钧《初期的中国书》等三篇，刘国钧是我国著名的图书馆学家。选陈国庆《书籍的装饰和书外的附属品》等五篇，陈国庆也是中国图书史的专家。赵万里，就不必多介绍了吧，本书收有他的《中国版刻的发展过程》《谈谈印本书籍发展简史》。北京中国书店提供了《关于活字版》《古书用纸》等五篇。

说是"古旧图书"，毕竟还是"厚古薄今"，旧书所占的份额极少。惊喜地看到谢兴尧的《近代史料的收集工作》出现在书里，难怪在谢兴尧的集子里没看过这么篇文章，原来这是谢先生"1958年8月27日在古籍训练班的讲话记录稿"，外面哪里得见？

谢兴尧讲到："解放前上海大达图书公司出版过一批书，叫作'一折八扣'，倒没人买，其中大部分都是有用的书，我那时看见过，也是认为版本不好不愿意买，现在有的再找也找不到了。如其中一部《尧山堂外记》，讲述明代小说戏曲（万历刻本），现在已买不到，北京图书馆把它藏于善本室，不外借，我只好趁星期天到那里借阅，摘要抄了下来。"谢兴尧1956至1964年任《人民日报》图书馆馆长，他说："《人民日报》1948年创刊，创刊号现在很少见，人民日报社只有一份，国际友人经常去照相。"

像这样有趣的小故事，通常的大文章里是不屑提及的。

谢兴尧于古旧书收购业务亦颇有见地，他说："在收购工作上需灵活掌握。如西安古旧书店收买古旧书一定要卖书的拿出户口簿，有些老先生不愿拿户口簿去，他们就推绝收购，这样工作必会受影响。""收购方法要深入民间小市、茶馆、住户，要与造纸厂、生产合作社建立联系，到废纸堆中寻觅。从前古旧书店收书很简单，到了收购地，往旅店一住，张贴些收书广告就会有人送上门来，现在这种方法已经不适应了。"

魏隐儒《古书收售业务知识》、颜久远《旧书收售业务中值得注意的几个问题》等文，这种"卖方知识"对于读者（买方）而言，等于告诉我们原来古旧书是这么收上来的呀，加了这么多的价钱，我们买了后却手舞足蹈般地高兴。当然这样靠"版本知识"挣钱的工作是极其正当的，也许这也是古旧书行当的魅力所在，我们偶尔捡漏儿靠的不也是"版本知识"吗？

2016年3月27日

香港版《艺林丛录》的小故事

黄裳与范用的通信中有不少关于旧书的信息，比如这一封里黄裳写道："您寄来的《艺林丛录》，其中有几篇是我写的，用笔名沈意之、施惟芹、一知、潘洁、朱慧深等，皆随手翻出的古人名也，不值一看，附告以博一笑。"

这里面出现的《艺林丛录》，要多介绍几句。这是套陆续出了十几年的丛书，由商务印书馆（香港）出版，1961年出版第一编，1974年出了第十编就结束了。通常每编约五六十篇文章，偶有一两编多达八九十篇。顾名思义，书的内容就是"艺林"嘛。作者阵容非常之强大：启功、朱家溍、沈尹默、容庚、谢稚柳、徐邦达、高二适、郑逸梅、祝嘉、俞剑华、曹聚仁、瞿兑之、章士钊、王元化、陈垣、潘伯鹰、朱省斋等。

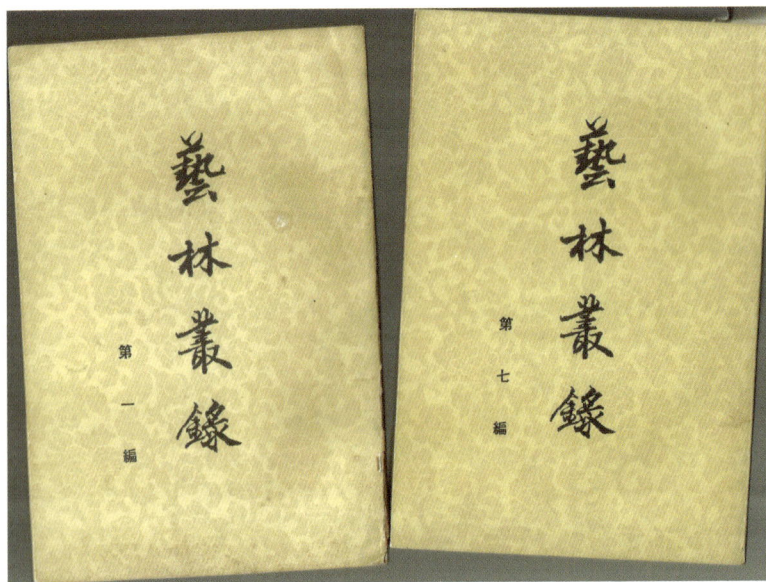

《艺林丛录》书影

这套书的策划陈凡（1915—1997），四十年代加入《大公报》，从记者做起，走南闯北，见多识广，陈凡的书《一个记者的经历》可作为"记者指南"呀。陈凡任《大公报》副总编辑多年，笔力雄健，与金庸、梁羽生合称"三剑侠"，当然陈凡的名气远逊金、梁也是现实。陈凡汇编大公报副刊《艺林》的文章，形成了十卷本的《艺林丛录》。四十年后，这套书已经"一书可得，全套难求"。

姜德明在《琉璃厂人》里提到过这套书："还是'四人帮'在实行文化专政的恐怖年代，港台书刊早成禁品，中国书店老店员刘连仲先生知我所需，有意为我留下'文革'前香港商务印书馆出版的《艺林丛录》一至五卷。这部书是香港《大公报》陈凡主编《艺林》副刊的文章辑录，内地少见。我很珍视版者这种以书会友的风度和情谊，至今感到温暖。《艺林丛录》共出十卷，后五卷是后来陈凡先生赠我的。"

范用在接受报纸采访时也讲到了《艺林丛录》的一个故事：

报纸：后来你和毛泽东的秘书田家英成了朋友。

范用：我们是看书的朋友，田家英住在中南海，经常到我的办公室里来，看到书就拿走，他要看。

报纸：他借你的书去看，看完要盖个印。

范用：对，这个印到现在还在。（大笑）我给你看看。（进书房取书）他很喜欢看《艺林丛录》这部书，借去看了一两年，几经催索才还来。他在我的藏书印之上加盖了"家英曾阅""家英曾读"印记，这在我，还是头一回碰到。这部书至今还在我的书橱里，每看到它，心里十分懊悔，家英爱看这部书，为什么不送给他，我太小气。

《艺林丛录》前五编出版于"文革"之前，第六编的出版日期是1966年6月。由此可以推算出田家英向范用借阅的只可能是前五编。

2016年1月16日

老门牌号

北京古老的面貌渐行渐远，很多老胡同消失了，很多老宅门拆掉了，急管繁弦，怀旧之感不请自来。最近得着几本适合怀旧的书册，很是高兴，先说说这本《北京市街巷名称册》吧。

这又是一本"内部书"，你看编这书的单位"北京市人民政府公安局"就明白了几分，再看里面的这段话："此册仅供内部有关单位掌握使用，非公开东西，希望领册单位，注意保存，切勿遗失和外借。"其实，现在看来也无甚机密可言，内容只是街巷胡同名称及门牌号码啥的，考虑到印制时的年代"一九五三年"，还是可以理解的。五年之后的1958年，这本"非公开的东西"由群众出版社修订后公开出版了，印数三千册，定价二元。

北京街巷胡同的名称，越改越乏味，越改越背离历史本意。就拿我上过幼儿园和小学的石驸马大街来说吧，因为明代宣宗驸马石都尉的宅第在这里，故而命名。这座王府后来一度归熊希龄居住（门牌22号），五十年代改作"石驸马幼儿园""石驸马第二小学"，我们也沾了些皇族之气。王府的左边不远是著名的"刘和珍君"母校北京女子师范大学，现改名"鲁迅中学"，石附马大街遂更名"新文化大街"。这个更名还算说得过去，从现实的意义来讲，毕竟鲁迅的影响要大过什么叫不出名的驸马吧。

石驸马大街有多少个门牌号呢？从东到西104个。邻近还有个"石驸马后宅"胡同，有门牌42个。从这么多的门牌号中，可以想象到最初的驸马府"势力范围"之广。

测试一条胡同有多深长，门牌号的多少是一重要指标。越长的胡同历史越悠久，甚或可追溯至大明王朝。只有几个门牌的胡同或是死胡同，或是大胡同里的小岔胡同。我住了三十九年的"按院胡同"，有"1—66"个门牌，

内部资料《北京市街巷名称册》

我家是60号。早先的门牌号顺序是从胡同的东口沿路北算起，1、2、3、4、5……到了西口折回路南再排到东口（南北向的胡同自北向南排序门牌号），也就是说我家的60号在路南接近东口的地方。北京的好房子应该是坐北朝南的院落，所以路北的好宅子比较多见。1970年，门牌号的排序改为路北是单号，路南是双号，我家遂改为20号。

八道湾有门牌"1—33号"，周作人故居"八道湾11号"地处路北，改制之后还是"11号"。故居拆改之际，书友L前往凭吊，顺便把11号的门牌撬了下来留作纪念之物。前几天参加一个活动，我特意顺路往已改作"北京市三十五中学"的八道湾转了一圈，怎么说呢，胡乱用一句岑参的诗吧："故园东望路漫漫，双袖龙钟泪不干。"

说起这本名称册的实用性，作"今昔对比"再好没有了。如我曾经居住了十三年的洪茂沟，过去有门牌号"1—31"，我搬去的时候胡同拆光了盖成楼房，门牌号失效而地名未变。我岳父家住百万庄小区，苏式三层小楼，是北京最早的小区，而名称册的记载是"百万庄村"，有门牌号"1—17"。

除了利用名称册将自己的怀旧落到实处，我还帮助老同学们落实了他们故宅的确切门牌，为此大家都很开心。

2016年3月28日

1

略知一点儿农事

当初买这本书，因为自己在农村待过几个寒暑，略知一点儿农事，也确确实实与土坷垃死打硬拼过，那是段难忘的经历。另有一个原因，因为喜欢精装书，还是个布面精装，印数奇少，只有250册（1957年中华书局出版）。

书名很长很拗口，费点儿劲才能搞懂。这是本"二合一"的书，一本名《吕氏春秋上农等四篇校释》，一本名《氾胜之书辑释》。两书均与农事关系密切，所以借这个机会凑到一起，前面一本由夏纬瑛校释，后面一本由万国鼎辑释。

夏纬瑛说："我国有关农业的文献，不算多，而先秦的此项文献尤其甚少。""只有《吕氏春秋》中有《上农》《任地》《辩土》《审时》四篇，是专讲农业的，这应当是一很可贵的农业文献资料了。"

如果我们单纯以为这是本完全教授农活技艺的书，那就误会了。农民起义频发的农业社会，弃商从政的政治家吕不韦当然懂得"借农喻政"。

夏纬瑛一一解释："'上农'即重农，论农业的措施对于当时政治的重要性，故以'上农'名篇。"像"土地改革"一样，古代政治家亦深知这样的道理，"民农则朴，朴则易用，易用则边境安，主位尊""民农则重，重则少私议，少私议则公法立，力专一"。

"任地"："论使用土地为农业生产之道。"

"辩土"："也是讲使用土地而为农作之道的。"

"审时"："种庄稼要适于时令。"

当个农民，"在土里刨食"，艰辛可想。做学生时体会不到，等下到农村，体会太深了。我们知青北京有家，尚有退路，当地农民可全指着脚下的土地为生呢。丰年勉强混个温饱，遇上灾荒歉收甚至颗粒无收，吃糠咽菜，真不是闹着玩的。我待的那几年，算得上风调雨顺，可是想吃饱饭还是比登天还难。如果要说那几年体会最深的两件事，第一位的是饥饿，第二才是劳累。

一年终了，每个工分合几毛几分，要等把粮食卖了，会计算出总账才能知道。那盼望的心情，只有农民才体会得到。后来我戏称农民也像今天的大老板似的拿"年薪"，但是农民的年薪有可能"倒欠社里的钱"。

氾胜之是我国古代杰出的农学家，汉成帝时做议郎，曾经在今陕西省关中平原地区教导农业，大获丰收。可惜的是《氾胜之书》原书没有留传下来，万国鼎称："幸而北宋以前的古书很有引用此书的，才保存了《氾胜之书》原文的一部分，把这些散见在各书的辑集起来，大约将近三千七百字。"

《氾胜之书》是纯技术书，相当的精细复杂，非老把式无以掌握。以我在内蒙古农村的经历，略知几件农活儿的程序。我们是九月初下到村里，第

1974年我在下勿兰生产队菜园子干活

一桩农活却是"捞麻"。好像是老乡们八月份给麻杆浸到池塘里，泡得够工夫了，正巧我们这帮从城市来的傻小子，技术活还干不了，先干点简单的。简单是够简单的，只需将一捆捆麻杆从水里捞上来，可是相当的脏，相当的臭，相当的累。捞上来解开捆，摊开，晾晒。冬闲时，在屋里将麻线自杆上扒下来，一绺一绺的，然后再搓成粗细不一的麻绳，完全是生产队自用——农村用绳子的地方很多。

种庄稼离不开肥，肥就是粪，粪从何来？这要从公私两面说，人粪和猪粪一般都是老乡家自留地所用。我们村公家的肥主要来自牛群和马群。牛马圈先要垫一层厚厚的黄土，然后这牛呀、马呀就在圈里连拉带撒，经过几个月的牛马践踏，这粪的精华即入了土（入味）。然后是"起圈"，将入透味的土一车一车拉到一空地，堆得跟小山似的。隔一段时间，进行下一道活儿——捣粪，等于是将粪山彻底挪个地方，为啥要捣，是为了使粪土更均匀。二三月，将捣好的粪土拉到地里，隔一段距离卸下一小堆，远看像一座座坟头。此时的粪土还是冻土，开春后一敲就碎了。最后一道活儿叫"溜粪"，工具是一簸箕，按着丁字耙，还需一个短木耙，用它把粪土扒拉到簸箕里，牛犁开垄，女社员在后面点种子，我跟在后面往种子上点粪，亦步亦趋是也。

2016年4月23日

我与琉璃厂"杂志大王"的一点儿交往

前几天收到中国书店海王村拍卖公司的图录，我已经许多年不在拍场上买东西了，可还是经常收到赠送的图录，心里头是感谢人家的。不买东西，所以图录到手只是大略翻翻，这一翻不禁一惊，第一页一行黑体大字"琉璃厂的'杂志大王'"！上面一张"刘广振先生工作照"，我看了之后，往事如烟似梦，刘广振先生，我终于见到您啦。本场拍卖1—81号拍品为刘广振旧藏，所以特于卷首推举。

我的第一本书《漫话老杂志》，第一篇就是《北京琉璃厂的"杂志大王"》，内中写道："几年来，我通过'杂志大王'之手买过不少民国老杂志，却从未见过老先生一面，心中总觉得欠了人情。有一天，我终于找了个借口进到了戒备森严的中国书店总店书库，到了二楼，人家拦着不让再往里走了，我解释说就是为了看一眼刘广振老先生，那位工作人员指着一间堆满书刊的屋子里的一位埋头书案的老者说：'那就是刘广振。'老者年逾古稀，满头银发，伏案理书。我隔着玻璃窗望着老先生的侧影，没有打招呼，我只不过是无数买书人中的一个罢了，心中满怀谢忱。"那时候我已经知道刘广振先生去世了，所以接着写道："几代'杂志大王'的故事结尾了，每当夜深人静，拿出心爱的老杂志翻阅，随意地读上几段，想到它们是如何得来的，眼前总会浮现第一次也是最后一次见到老人的情景。"

必也正名乎？说来"大王"的称呼并不恰当，总给人以啸聚山林的匪盗气味，却能使人留下强烈印象，也只好由着口口相传吧。曾见到一份1961年北京市手工业管理局关于《琉璃厂文化街调整恢复方案（草案）》的文件，其中第一部分第三条是这样写的："恢复松筠阁（经营杂志）的销售业务（过去专营收购），并将后边库房改为内柜（以上已办）；扩充内柜，把旧杂志都

1

琉璃厂书肆"杂志大王"刘广振工作照

陈列出来，发挥其'杂志专家'的特点（需增拨用房）。"正式文件的称谓"杂志专家"，实质即"杂志大王"，可见约定俗成的力量。我跟姜德明先生讲到这份文件，他说恢复琉璃厂老字号的经营特色，是邓拓的建议。如今我们看到，松筠阁匾额的题写者正是邓拓。

"杂志大王"声名鹊起，并非始自今天，那要追溯到遥远的三十年代。松筠阁开设于光绪年间（最早的题匾额者失考），孙殿起《琉璃厂书肆三记》内记："松筠阁，刘际唐，字盛虞，衡水县人，于光绪年间开设，在地藏庵内。民国元年，迁徙琉璃厂路南槐荫山房，经营数年，民国六年，又迁移南新华街路东。十五年在廊房头条第一楼内开设集文阁分号数年，二十六年又迁徙迤南路西。近盛虞子殿文继其业。"于此可知，松筠阁那时的店址并不在如今琉璃厂东街路南的位置。刘殿文继承父业（刘际唐1942年病逝），却正赶上北平沦陷生意惨淡，无奈之下只得另辟蹊径，专门经营起古旧期刊杂志来，居然做得有声有色——"独此一家，别无分号"，书肆同行便送给刘殿文一个"杂志大王"的雅号。公私合营之后，松筠阁并入中国书店，刘殿文任期刊门市部主任，编撰有中国第一本杂志目录——《中国杂志知见目录》，每周一次，在店内讲授杂志的目录学。松筠阁也继续以经营期刊杂志为主业。1963年10月27日的《北京晚报》曾有报道松筠阁的专题文章《万种杂志任君选配》。余生也晚，六十年代初还是个小学生，距离松筠阁最近的地方，只到过春节的厂甸。未能亲睹松筠阁环壁皆期刊杂志的鼎盛景象，连一张照片也未见过，一直是我的遗憾。

至于刘殿文的年纪，六十年代初，藏书家唐弢《书林即事》里写过："松筠阁专营期刊，曾有'杂志大王'之称的刘殿文老人，年逾七十，现在是中国书店期刊门市部主任。"七十多岁，仍然在工作岗位。其时，已后继有人，唐弢接着写："后起的有王中和、刘广振等，王中和新旧版本，都有素养；刘广振是刘殿文老人的儿子，记忆力强，对期刊知道的较多。"我知道刘广振的时候，老先生也该"年逾七十"了吧。

我在《海王村书肆之忆》里写道："我的旧书刊初旅，即在东廊展开，这是永记终生的。我后来能够写作出版十几本书，还是要拜东廊所赐。感谢种金明先生耐心地一次次给我集配旧杂志，使我走上了与大多数爱书人不一样的藏书路径。"海王邨的北面主楼是中国书店总店，西廊是中国书店下辖的邃雅斋书店，东廊也隶属中国书店，但是"很僻也很暗，终日射不进多少阳光，昏昏暗暗，与四壁的古旧书颜色倒是水天一色，终年在这里的店员，好像现代人发配到了荒寺野庙"。这是我保留至今的印象。三十年前一个悠闲的下午，我走进了东廊，毫无目的地在书架上翻书，有位上了岁数的店员用疑惑的眼光瞄着我。

东廊书架陈列的古书，我是不翻的，几排旧书也没有入眼的货色，多是些不古不今的书，直到我看到柜台里一小捆民国出版的《万象》杂志那一刻，才决定了要走的路。店员告诉我《万象》订出去了，买家还没来取货。从那以后，我去一次就看一眼《万象》，三番五次之后，种师傅说："卖给小谢吧，这么长时间某某也不来取，大概是不要了。"任何商品交易，都是人与人之间的交际，旧书买卖更是离不开交际能力，而这恰恰是我的弱项。很久之后，我才知道种师傅是管事的（好像是科级），我想找什么杂志，门市没有的，种师傅就拿着我开的书单去大库里找配，而大库那边为我配杂志的正是第二代"杂志大王"刘广振，所谓交往，就是这么点儿关系。有年夏天，我想给刘广振送个西瓜表示一点儿谢意，到底还是没送，冷不丁拎个西瓜去，自忖冒失。

藏书家姜德明曾说："大约十多年前，中国书店的朋友曾经向我打听，有位姓谢的常买旧杂志，开的书单胃口不小。"最近跟姜先生聊起旧书业的衰落，他说幸亏你动手早，买了不少旧杂志，还说据他所知除了唐弢开过集配杂志的单子，我是第二个。姜先生的这番话，让我小小得意了一番。干脆晒几张留有刘广振手迹的单子，原件不知放哪个文件夹了，随便抄上几笔吧。

《大风》	4册	48元
《天地人》	4册	60元
《天地》	3册	18元
《子曰》	3册	36元
《家》	4册	32元
《谈风》	3册	30元
《紫罗兰》	4册	48元
《半月》	4册	48元
《幸福》	4册	48元
《少女》	2册	20元
《家庭》	4册	60元
合计11部	39册	448元

需要说明一点，有些杂志不是我开的单子里的。448元好像打了九折。

另一张书单：

《六艺》	1:1—4	4册	80元
《万象》	1:1、3、4	3册	30元
《万象十日刊》	2、4、5、6、7	5册	50元
《万象周刊》		1册	12元
《万象十日画刊》	3、4、6	3册	30元
《万象》	1、3	2册	30元
《万象》		1册	12元
《大侦探》		9册	100元
《茶话》		28册	550元
《大众》		精装8册	700元
《杂志》		24册	500元
共计11部		88册	2094元

我记得这张单子是这么回事，我不是喜欢《万象》嘛，所以请种师傅将凡是"万象"名字的杂志每样来几本，居然找来这么多，也可见我当时漫无边际的搜刊方法。《茶话》(35期全)和《杂志》(37期全)，后来我自己通过别的途径居然给配全了。

还有一张刘广振写的杂志清单，不写价钱了，把刊名列一下吧:《星期画报》《京报副刊》《立言画刊》《见闻》《西风》《民间》《晨报副刊》《永安》《老实话》《人间味》《女声》《上海生活》《小世界》《宇宙》《艺术生活》《三六九画报》，总共一百三十余册。这样"想要什么有什么"的黄金日子，维持了两年多的光景，书单十几笔吧，好日子永远是短促即逝。

刘广振手下有个高徒，姓韩，杂志业务精熟，年轻，写得一手娟秀的钢笔字。刘广振之后，韩先生帮了我不少忙，但是"杂志大王"之美誉，到刘广振为止了。

最后回到本场拍卖刘广振旧藏杂志来，在我的印象中，中国书店老店员旧藏书刊成批量的公开拍卖，这回似乎是第一回。这里面牵扯到一个敏感问题，我打这么个比方吧，过去有个不成文的规定，邮电部的高级官员是不准集邮的，通俗点讲即"近水楼台不准先得月"。雷梦水是旧书业大名人，姜德明先生曾经写道："他（雷梦水）虽卖书，也自备一点心爱的书在手边。出于洁身自爱，也是为了避嫌，购来的每本书上或贴有单据，或留有购书日期、定价和单据号码。这种处世之道亦带有一点儒雅之风。"我跟了一句，终归经历过那么多的运动，养成了"瓜田不纳履，李下不整冠"的处世哲学。

这81件杂志，没有一件是我特别想要的，或能补我之缺，可见杂志世界品种之繁复，类型之多样，每个人都能凭着兴趣各求所爱。这些杂志有五件流标（没拍出去），拍价最高的一件是《国学季刊》抽印本《北平方音析数表》，著者刘复（刘半农）签赠本，拍了25300元，书只值300元，"刘复"值25000元。同样的27册《国学季刊》（1—7卷）只拍了10925元，证明名家手迹的威猛。另一件签赠本（1947年《五月》杂志"沙鸥兄收存 弟丁力敬赠 卅七，八，廿"）由于"丁力"名头小，只拍到1035元。受赠者沙鸥（1922—1994）是很有名的诗人，我向止庵先生求证：这是你父亲的《五月》吗？他说是，"文革"中抄家抄走的。抄家抄走的，没有焚烧掉，却流失到刘广振手里，进而堂而皇之地拍卖，我知道原书主也知道后书主，真是有意思。

刘广振似乎另有集邮的雅好，81件藏品中竟有14种邮票杂志，专场没有一件藏品称得上是顶级之物，同样，14种邮刊里也没出现《邮乘》这样的顶级刊物。我也曾经痴迷邮票（后为筹资购买杂志大部分卖掉了），也曾经尽心搜集过邮刊。刘广振卖旧杂志，我买旧杂志；刘广振喜好集邮，我亦喜好集邮，这或许要算我与"杂志大王"的共同爱好，是一种缘分。

2016年10月22日

与吴祖光先生的一面

如果没有买书这个爱好的话，我是没有机会见到吴祖光这样的文化名人的，当然只是雅好买书也是见不到吴祖光先生的。事情总是一步步发展而来的，且听我从头说起。

1995年之前，我的淘书只是单枪匹马，独来独往，经常碰面的书友也只是点头之交。这一年的春天，在地坛体育场的书摊，结识了两位书友，两位都姓赵，一位住东城，一位住西边（海淀区），我称之为"东赵""西赵"。我们因为抢书而"不打不相识"。某天，逛摊三巡，看看没啥中意的书可抢，几个人就凑到一起闲聊，才知道几个月来的明争暗斗，是因为我们所追求的作家太一致了，如黄裳，如周越然，如金性尧这些"非主流"的作家。定交之后，几乎天天电话聊书，每周在书摊会面，过不多久就"访问和回访"了。结交书友的好处是显而易见的，互通有无，互通信息，买书的质量得以提升。不久，一个实质性的好处显现了。

1997年5月，北京市开始评选"藏书状元"活动，各区选十五名，前三名入选市"藏书状元"。我与"西赵"都住在海淀区，所以在海淀区报了名。一开始，我俩没太把评选当回事，认为北京藏龙卧虎，我俩这点儿破书就是报了名，别说市级状元，就连区级也够不上。8月份，"西赵"兄率先通过区级验收，验收的基本条件是：藏书量在两千本以上，有独立的书房、书账、藏书心得等。"西赵"的书房，搁今天也不落伍，四壁皆顶天立地的书柜环绕，一般家庭真难做到，若有一面墙的书柜就会被邻居视为作家了。而我家正是一面墙式书柜，其他书只能散置犄角旮旯，而且我的书好像不够两千本吧，我确实没一本本数过，总觉得一本本数自己有多少书是很傻的行为，书多能说明你学问多吗？没料到，评选组到寒舍来查验，张口就说，你这何止两千本书呀，一万本也够了！我心里说，以一本书一厘米厚算吧，一万本就是一百米长的距离，我这面墙是三米长，六层的书柜，满打满算一千八百本书，何来一万？

为了迎接评选组光临，生平第一次打上领带，想想真可笑。也许是我良好的表达能力，加上书码得极其整齐，给评选组留下了好印象，所以入围海淀候选者。在来我家之前评选组先去的是李燕杰家，这位李燕杰可是风云人物，曾与曲啸、彭清一、刘吉并称为"中国当代四大演讲家"，瞧瞧他的这些头衔：著名讲演家、国学金牌导师、著名教育艺术家、国际易经研究院院长、世界华人教育促进会副会长。

不久之后，我近距离地领教了李燕杰的口才（或曰夸夸其谈），也真切地感受到李与吴祖光先生人格魅力的鸿沟。我、"西赵"、李燕杰作为海淀区代表入选市"藏书状元"，12月初，通知我们去市里开会，居然还是市委大楼。那天，我和"西赵"骑着自行车，带着发言稿来到会场。路上我俩还嘀咕，试图结识若干兴趣相同的书友交换藏书呢，谁知一进会场瞧见其他区的"藏书状元"，念头顿消，根本不像是同路人。正在失望之时，忽然见众人搀扶着吴祖光先生进来了，我永远忘不了吴祖光那诧异的目光，好像在说，这些人都是干什么的呀？我马上跟"西赵"低声开玩笑："准是街道的老太太们把吴祖光给诳来的。"这一年吴祖光整整八十岁。

市领导讲话，称赞评选"藏书状元"是件很有意义的活动，全市评选出一百零五人，你们十八位是"领头羊"，是推广热爱读书活动的先进分子等等。长圆型的会议桌，吴祖光坐在我斜对面，我一直观察着他的表情，老人家倒是一副"来之安之"的态度。领导讲完之后，依次发言，李燕杰第一个发言，慷慨陈词，不外乎"书是人类最好的朋友"一类的话，还有就是标榜自己如何如何爱买书爱读书云云。吴祖光的发言对演讲家大唱反调，我记得最清楚的一句话是："你（李燕杰）还买书呀，我的书太多了，正准备处理掉，你去拿吧！"吴祖光还说了一些精彩的针锋相对的话。

我当然早就知道有"神童"之誉的吴祖光，他的名作《风雪夜归人》谁不知道呢？我还收藏有全套的吴祖光主编的《清明》杂志，并写有小文："1946年元旦那天，吴祖光乘飞机由重庆飞上海，到了上海之后，吴祖光联系到曾在成都同甘共苦谊同兄弟的画家丁聪。丁聪是老上海，地情人情都熟，给吴祖光介绍了许多新朋友，其中即有吴祖光称为'后来终生难忘的朋友'龚之方。龚之方提议丁聪和吴祖光合编文艺刊物。给刊物取个什么样的名字好呢？吴祖光提议叫'清明'，他说：'把我们的刊物叫作"清明"，一方面是迎接这个当前的节气，另一方面是为了表达我们多灾多难的祖国终会出现和平兴旺政治清明的一种美好愿望。'龚之方在红尘十丈的上海闹市中心西藏路，给吴祖光安排了一个设备豪华舒适的编辑部——'里外两间，地上铺着很厚的地毯，宽大的皮沙发，一张长桌上覆盖着绿色的绒台布；里间屋有一张很大的墨绿色玻璃面的钢制大写字台和保险柜，红木的琴几上放着青铜的佛像、瓷花瓶等古文物。'在差不多一年的时间里，吴祖光每天半天在这里办公，另半天去圆明园路的《新民晚报》办公。"想一想，半个世纪之后的我怎么有资格与吴祖光先生面对面坐在一起开会呢？这事有点儿滑稽，有点儿不对劲吧。

　　半个世纪前的吴祖光让我敬仰，半个世纪后发生的一场官司更令我敬佩吴祖光正直的人格。官司的起因是，1991年12月23日，两位年轻女顾客在北京国贸中心所属惠康超级市场购物，遭到两名男服务员怀疑，并受到检查，查实无辜后放行。1992年5月，两位女顾客以惠康超级市场侵犯人格、损害名誉为由，向法院提起诉讼。同年11月18日，经法院调解，被告国贸中心向两位原告道歉，并补偿精神抚慰金二千元。原告撤诉，此案告一段落。当时，多家媒体对此案作了报道，吴祖光在读了《红颜一怒为自尊》这一报道后，写了一篇题为《高档次的事业需要高素质的职工》的随感，发表在报纸上。文章刊出后，国贸中心常年法律顾问致函吴祖光，称吴文"内容失实，判断错误，并且采用了辱骂性语言……是对中国国际贸易中心有关工作人员的侮辱,严重损害了他们的声誉"。1992年12月,国贸中心以吴祖光侵害其名誉权为由向法院提起诉讼,法院立案受理。1992年12月26日,吴祖光召开新闻发布会,吴祖光认为:"向我起诉竟发生于国贸中心已在法院当堂知错任罚之后,其'捞点便宜,挽回点面子'的用心更加显然。"这场官司从1992年底持续到1995年5月才完结。吴祖光女儿吴霜说:"在三年的案子审判过程中,他(吴祖光)一直没有后悔过,他曾经说过,为消费者仗义执言,无怨无悔。"我当年一直关注这场很轰动的官司,三年官司催人老,没有想到两年之后,我有幸见到了八十岁的吴祖光。在市府的会后十天,又召开一次全体大会,时间很长且过程乏味,坐在台上的吴祖光竟然打盹了,我望着,替老人家无奈。

2016年11月24日

醇亲王府里的中学岁月

北京这座古城，留有明清两朝的王府怎么着也有几十座吧。我很幸运，居然在两座王府里度过了幼稚园、小学和中学时光，加起来十四年之多。幼稚园和小学是连着上的，幼稚园三年接着六年的小学，那座王府叫克勤郡王府，位于西单牌楼往南的石驸马大街（现名新文化大街）。克王府的左边，即原国立北京女子师范大学（现为鲁迅中学），大家都熟知鲁迅的文章《记念刘和珍君》吧，刘和珍就是该校的学生。想当年，鲁迅经常来往于石驸马大街，时空交错，我的小脚印或许与鲁迅的足迹重叠过，一切皆有可能。顺着石驸马大街一直往西，走到头碰到一堵高墙，那就是醇亲王府了。我的五年中学岁月，一千八百天，在王府里日复一日，直到有一天被撵到农村接受贫下中农的再教育。

先来介绍一下醇亲王府的来头，其实只要一句，只须说光绪皇帝（1871—1908）出生于此府，您该肃然起敬了吧，但是我还要多啰唆几句，谈谈醇亲王府的前世今生。醇亲王府是清朝醇亲王的府邸，在北京有两处，一老一新，一南一北。老醇亲王府在今复兴门南的原太平湖旧址，俗称"南府"或"太平湖醇亲王府"，前身是清初大学士纳兰明珠（1635—1708）的宅第，顺便提一句，纳兰明珠乃著名词人纳兰性德（1655—1685）的父亲。因光绪皇帝出生于此，故成为"潜龙邸"。由于光绪继位后醇亲王必须迁出，清廷便给醇亲王在后海北沿重建了一个新的醇亲王府，俗称"北府"或"后海醇亲王府"。"潜龙邸"，特指以非太子身份继位的皇帝登基之前的居所，另外一种解释未免望文生义吧，意思是这里住过一条"潜藏着的龙"。

清朝垮掉之后进入民国时期，醇亲王南府由"中华大学""民国大学"先后租用。《燕都丛考》作者陈宗蕃写道："太平湖醇邸，民国三四年间，王君揖唐赁为中华大学，今为民国大学。"手边有份1929年《北平市全图》，醇亲王府的地标上标示"民国大学"。抗战军兴，民国大学南迁，"民大附中"接着在府内办学。1949年后为私立"新中中学"使用，再后才是我的中学母校"北京市第三十四中学"。如此雍荣尊贵的王府，当然不会任凭一所普通的中学独自霸占，同样尊贵雍荣的中央音乐学院占据着王府的大部分，三十四中只能偏安一隅，说白了，就是王府的一个偏院旮旯。无图无真相，这张《北京民国大学全图》看到了吧，上北下南，三十四中占据最北那一长溜。必须解释一句，我们上学的时候，校园及教室早已不复当年之雕梁画栋之庭院深深深几许，低矮破烂的一排排平房是我们的教室，只有校长办公室

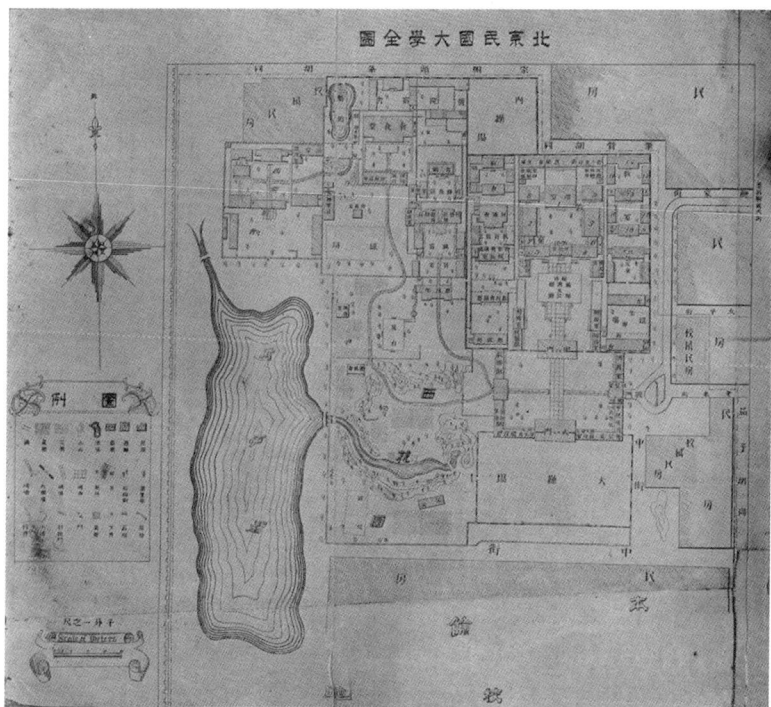

这张《北京民国大学全图》几乎就是醇亲王府的复原，只不过王府改为学校。如今太平湖已填平，旧迹全无。我上中学时的三十四中学，与《全图》几乎一致，只不过在东墙开了个校门。

醇亲王府一度作为"北京民国大学"校舍

和"语文组"的小二楼，依稀可见百余年前王府的模样。

　　此处，先往回说几句，我是怎么考进三十四中的。三十四中当时是声名狼藉的学校，坏孩子多，校风不正，小升初考试两门不及格的学生才撮堆分配到该校。小学时，我功课一直很好，四年级第一学期期末考试，全年级就我一人得双百（语文和算术）。那是放寒假的前一天，全年级集合在操场，老师在上面做期末总结，搞笑的是，这么光荣的时刻，我却憋不住尿了裤子，为什么不去厕所呀，众目睽睽，少年特有的"不好意思"呗。真到了六年级临近毕业升学的关键时刻，我的成绩却快速下滑，原因就是太贪玩了，父亲曾批评我"其章荒于嬉，前程多折节"。考语文时竟连平日里滚瓜烂熟的陈毅《赣南游击词》"休玩笑，耳语声放低。林外难免无敌探，前回咳嗽泄军机。纠偏要心虚"也背写不出来，全懵了脑子。报志愿时学习成绩好的男生报"四中、八中、三十五中"，报四中须两门得双百，总分最少也得一九九分，我当然没资格报了。本想报"八中、三十五中、四十一中"，那

1

个女老师极其轻蔑地给否了，只让我报"三十五中、四十一中、铁二中"及"服从分配"。女老师真没看走眼，我连铁二中的录取分数也不够，径直分到了三十四中。

那是史称"三年困难时期"刚刚熬过的第二年九月一号（也可能是八月底），我灰溜溜地去三十四中报到。同院几家的跟我一般大的男孩女孩，却全都考上了理想中学。我家距三十四中不远，隔着一条复兴门大街，穿过几条弯曲的小巷，走上十五分钟就到了。不幸的是，我家紧邻八中，每天上学的路上，自惭形秽的我，迎面过来的全部是朝气勃勃的八中学生，八中是仅次于四中的好学校，两门的成绩必须在一九六分之上。我呀，脆弱的自尊心，脆弱的虚荣心，每天早晨被鞭子抽打一次。现在回想，我为什么不走胡同东口呢，因为东口要绕远很多的路。

老话说"矮子里面拔将军"，进入三十四中之后，"学校将入学考试分数相对高的同学集中在一个班"，这条尘封了或许是遗忘了五十多年的信息，是同班的老同学马丁兄几分钟之前从微信群告诉我的。马丁兄除了和我五年同窗之外，另于"文革""大串联"时与我朝夕相处同甘共苦了六十七天。

"拔将军"班名为"初一八班"，前面七个班是女生班。我们的班主任叫胡志满，这条信息也是马丁兄告诉我的："胡老师，大学毕业分配到三十四中任体育老师和班主任。"胡志满身体棒，年年参加"北京市环城赛跑"。我们的体育课之一就是围着太平湖跑步。太平湖水曾引入王府内，形成府内的一个小湖，楼台亭榭，波光潋滟。《天咫偶闻》记云："太平湖在内城西南隅角楼下，太平街之极西也。平流十顷，地疑兴庆之宫；高柳数章，人误曲江之苑。当夕阳衔堞，水影涵楼，上下都作胭脂色，尤令过者流连不能去。"当然，我们做学生时，这些美景都不存在了。还得多说一句，这个太平湖并非老舍先生自尽的太平湖。

胡志满的字也如他的体魄，刚硬不阿，我保存的成绩册上面有他的字迹，分数和期末评语，与后来的班主任林而群的字体完全不是一个风格。林老师是南开大学毕业，教我们几何。林老师不怒自威，每当课堂里嘈杂纷扰，他从不大声训斥，只是盯着捣乱的同学看，被看毛了的同学，立马乖顺止喧。林老师家与我家只一墙之隔，我上房偷枣，必经林老师的房顶。林老师结婚晚，我最后一次在胡同里碰到他，他推着儿童车，车里躺着新生不久的女婴。"文革"期间不上课，我和几个同学闲逛中山公园，在五色土那里看到胡老师和一女子漫步，想必是谈恋爱呢，我们很懂事地避开了。

教地理课的是夏老师，名字我记不得了，个子不高，举止洋派，好像是一级教师呢。上了中学之后，我的学习成绩一直名列前茅，从未跌出前三名。地理非主课，我也学得很好。有一次外校老师来观摩夏老师讲课，夏老师事先对我说：明天提问时，你一定要举手，我叫你上台来写答案。记得那天刚刚剃完头，新剃的头总觉得别扭，加上紧张，教室后排坐了十来位观摩老师呢，所以未能发挥平日里的水平，辜负了夏老师的厚望。

回忆往往是不可靠的，幸亏我自初中二年级开始写日记，这个好习惯像刷牙洗脸一样保持至今，感觉靠不住的地方就翻翻旧日记。摘录几则，或可算是中学生活写真集。

1964年10月10日，星期六，阴。下课的时候我俩虽然很要好，但是上课时我要是告诉了他这个单词，不但对他没有帮助，反而有害，以后考试时他去问谁呢？

1964年10月29日，星期四，阴。上午考了作文，题目是"难忘的……"。

1964年11月日，星期日，阴。昨天评红旗的时候，我得了22票，比上回多了7票。

1964年10月12日，星期一，晴。想想那时候我要求入队的心情是多么迫不及待，可是红领巾仅仅戴到了六年级，到了上初一就不愿意戴了，这是非常不对的，有时甚至拿红领巾擦汗，这是更不应该的。

1964年10月23日，星期五，晴。太不幸了！今天考代数时，我第二个交了卷，结果错了一道题，心里万分后悔，可是木已成舟，后悔莫及。我预感到一种骄傲的心理在我脑子里潜滋暗长了。

1964年10月26日，星期一，晴。今天下午是劳动课，我和三个同学去食堂帮厨。劳动完了，看看那一堆的白菜、肉和咸菜、肉丸子，心里真有说不出的快活。

1964年11月3日，星期二，晴。第二节代数课后，林老师问大家参加不参加体操比赛，绝大多数同学都表示参加，我没有举手，听了老师的话，我也要把自己不爱做操的缺点改掉，为班集体的荣誉而努力。

1964年11月4日，星期三，晴。上午第一节课考了几何，第二节物理做了实验。下午自习后，林老师教我们唱歌。

1964年11月6日，星期五，晴。班上的篮球队下午去八中赛球，八中方面迎战的是初三七班——初三年级冠军。比分是33：74，"力量从团结来，智慧从集体来"，我班同学要是再冷静些，团结些，那么这场球打得会好些，比分接近些。

1964年11月7日，星期六，晴。下午开了"永远做革命者"的大队会，会上宣布了74个少先队员离开少先队。今天是苏联十月革命47周年纪念日。虽然现在苏联的政权被修正主义掌握了，但苏联人民是好的，中苏人民的友谊是永远破坏不了的，它像青松一样永远年轻。

1964年11月19日，星期四，晴。今天轮到我记班日记，所以我的纪律比以前有些好转。

1964年11月21日，星期六，晴。下午在太平湖公园测验赛跑，400公尺，我跑了1分28秒。早晨检查身体，眼睛1.5，身长

1.53米，比去年长了12公分。

英语老师赵启光，很随和，很风趣。前些年我写了一篇小文，记叙了一段课堂外的TC赵，好遥好远的中学生活啊。

一毛钱的回忆

买现在的东西，一毛钱真是可以忽视了，找起来麻烦，找给人家也麻烦，如果是钢镚子，掉在地下都懒得弯腰。

可是我于这一毛钱，却有着永不磨灭的记忆。张中行所谓"伤哉贫也"，或不是赤贫或不是一贫如洗，那是终生牢记的穷。

中学时很喜欢中午在学校吃饭，我从未吃过学校的食堂（通俗地说就是吃不起，吃食堂的都是家境宽裕的同学），总是从家里带饭，米饭与炒土豆丝，再不就是熬白菜。更多的时候是回家吃，来回要走三十多分钟。

比带饭更奢侈的是到外面的小饭铺买着吃，这样的次数极少，这样的话就得跟母亲要钱。母亲每次都是给我一毛二分钱四两粮票，也就刚刚够买两个大火烧的。

教我们英语的"TC赵"很喜欢跟我们几个到学校旁边笔管胡同的一家卖早点的小铺去吃中饭。TC赵每回都是二毛二分钱，两个大火烧一碗炸豆腐，或是一个螺丝转儿一碗炸豆腐（合计两毛钱）。

我从未喝过那碗闻起来很香又是热气腾腾的炸豆腐，因为我从来都少这一毛钱。

——写于昨日于北海陟山门喝了炸豆腐之后的今晚

在王府里念了三年初中，本该升高中考试了，忽然学校里广播："为了开展文化革命停课，你们视同毕业了。"后面的两年除了"大串联"到外地去了两个多月，其余的时间无所事事，四处闲逛，颇有些像电影《阳光灿烂的日子》里所云："那时的天空总是很蓝，太阳总是很亮。"

2016年10月23日

阅读都去哪儿了？

一　阅读与读书的区别

阅读，都去哪儿了？看似很平常的问题，细琢磨还真是不太好回答呢。首先，要厘清一个重要的问题——阅读与读书的差别，人们很容易混淆两者微妙的差别。我认为阅读与读书两者之间最大的区别是，阅读以闲适成分为主，读书则多少具有目的性；阅读几乎不设具体的考量，而读书则处处考量你的成绩。最简单的例子，我们从小学中学到大学的十几年光阴，只干了一件事——读书，而没有哪个学生会将"寒窗苦读"理解为闲情逸致的"阅读"。只有彻底摆脱了苦役般的"念书"，参加了工作，挣到了薪水养家糊口，我们才有资格，才有心情，忽然想到了"阅读"，并借此陶冶性情，提升品位，以期进入白领阶层。

回到最初的问题——"阅读都去哪儿了？"搞清楚这个问题之前，先回答"读书都去哪儿了？"这个太好回答了，好几个硬指标明摆着呢：1."小升初"是一个坎，你读书成绩的好坏直接影响你能上什么级别的中学。2.初中三年结束，上什么级别的高中也取决于你的成绩，成绩太差就只能上"职高"了，过早地走向社会利弊参半。3."高考"是检验你"读书都去哪儿了？"的最关键的指标，甚至决定你人生的走向，所以"高考"被喻为战场。我记得1978年，某次家宴父亲因为五个孩子无一有机会上正规大学而几乎大哭。

读书成绩的好坏直接影响命运，这是过去年代的不二法则。时代变了，人生成功的标准也变了，多样的选择带来多样的价值观。我最近频繁地与小学中学的老同学聚会，参与微信上的"同窗群"，我发现越是学习成绩不好的同学，越是在经商方面顺风顺水，跻身老板大款之列，令人刮目相看。

二 我发明的功利主义阅读

人生的分水岭，前半生是读书，后半生是阅读。

人生的足球赛，上半场是读书，下半场是阅读。

对于我个人来说，我的前半生和上半场已经完戏；阅读，是我下半场的主旋律。

别人的阅读去哪了，我管不着，也管不了。只想说说属于我的阅读去哪儿了，这笔账一清二楚，不存在账目不清的疑问。

坦率地说，我的阅读是极其功利主义的，不为陶冶什么不当饭吃的情怀，不为提升什么中看不中用的品位，我的阅读目的非常单一，阅读是原始驱动，形成如下的运动链：阅读—阅读产生心得—发表文章—出书—挣稿费—买书藏书—再阅读—再产生心得—再写作—再挣稿费—再买书藏书，循环往复，乐此不疲。

所谓发明，只不过一己之见罢了。但是乐趣却是实实在在的：藏书得"藏书之乐"，阅读得"阅读之乐"，写作得"写作之乐"，发表得"发表之乐"，出书得"出书之乐"。也许别人只能得其中一二之乐，终不如我的发明来得多层次且持久。

说穿了，阅读转化为金钱，被斥为庸俗也是自作自受吧。不妨换一个角度，我的上半场的读书成绩并不差，在年级里保持在前五名之内，可是由于时代的原因，我们那一代的学业全部中断，大家回到同一起跑线。如今是多元化的时代，我选择"以阅读换取物质实惠"，亦无可厚非吧，至少未脱"君子爱财，取之有道"之轨。

很少有人将"藏书之乐"与阅读联系到一块儿，他们不那么计较书的版本的新旧及优劣，我为他们感到可惜，生活的享受不止华服美食呀！明窗净几，展阅一本年代久远、装帧雅丽的老书，这才体现出现代生活的奢华。我们这帮子淘书族，淘的时候生怕别人来抢，淘到手了又特别乐意当众显摆。

将"写作之乐"与阅读扯到一起，相信大多数人能够认可。写作其实很苦的，何来乐趣？我的体会是，写作本身是苦的，苦尽甜来的结果是发表。发表，这说明你的文笔通过了读者的审视，发表的报刊越高级说明读者的认可度越高，这样的乐趣非经过者不可与言。我自投稿以来，已经发表文章一千余篇，写作对我而言已然轻车熟路，无数的小乐趣汇集成生命的极乐。

再多的散篇文章也敌不过出书的力量，最终检验阅读成果的还得靠单行本。"一本书主义"早已深入人心，我当然不会不知道出书的重要。但是很多朋友还是惊诧我二十年前的举动，为了专心地写作第一本书，我辞掉了工作——我最后的一份受体制保护的工作。失去稳定的工作收入，彻底沦为自由职业者，只靠微薄的稿费过活，其艰辛可想而知。破釜沉舟，一往无前，我的处女作，终于来临了。二十年辛苦路不寻常，至今我出版了二十本书，其中有一本出版社特别制作了二十册羊皮书。刚刚出版的《出书记》回顾了二十本书的甜酸苦辣，自叹道："鄙人之一生，声希味淡，毫无光彩可言，幸有这二十本书作劲儿，稍稍使得生命发出一点儿惨淡的光。"

这一点儿成果，皆拜阅读所赐。我的阅读哪儿也没去，它与我厮守终生。

三　网络时代的阅读

解决了上述两大问题之后，还有一大问题，即"网络与阅读"。这个问题的实质是"纸质书"的前途到底咋样，我在许多场合被问到这个貌似"世界末日"般恐怖的问题，提问的多是年轻人。说句自私的话，我一点儿也不担心"纸质书"是死是活，就算某一天纸书消亡或被电子书彻底取代，我所存藏的书也尽够读了，哪管它"洪水滔天"，我读我书。我想说，年轻人为啥如此"杞人忧天"呢？想一想，汽车取代了自行车？电视取代了电影吗？这是个多元化的世界，新事物与旧事物将永远并存，发生变化的是各自的市场份额而已，没有一种事物可以百分之百地占领世界或占有市场。换言之，纸质书与电子书将永远并存下去，纸质书"一统天下"的时代过去了，并不意味着将来的阅读是电子书的"一统天下"。不可否认纸质书的份额越来越少，电子书的份额日益进逼。

不要忘记最根本的一条，纸书也好，电子书也好，两者都是阅读的工具而已，读者感觉哪个工具使得趁手就使哪个。不管世界变幻莫测，阅读之树常青，阅读之心不老。

2016年3月16日

吾家电视机成长史

　　1975年，我人还在农村插队，正在办"病退"准备回北京，在农村呆了八年，实在太想念城市生活了。我孤独一人在那间小破屋里苦熬日子，等待从北京传来好消息。那是我一生中很少有的独处的日子，窗外是冬季的寒风呜呜地吹，小屋里是死一般的寂静，除了到离屋五十米的水井打两桶水，我哪儿也不去，也无处可去。

　　尽管每天的日子毫无变化，我还是坚持记着日记。1975年12月23日的日记很特别，连回得了回不了北京还说不定的时侯，我竟然如此超前地想到回北京后"有一架电视机"："星期二，晴，早上冷。寂默的、无人打扰的一天平静地过去了。白天为了两顿饭而忙忙碌碌，晚上一个人对着空荡荡的屋子出神的心灵在默念以往的岁月。没有一点多余的声响发生在这二十四小时里面，多么孤独，多么凄凉，想必明天也将如此，除了拎两桶水，我不走出超出房间三十码的地方。也许正是我觉得无聊的这几天，离这里一千多公里之外的几个人草率地决定了我今后的去向与命运。这个礼拜之内我能收到可喜的消息吗？离25日只有一天多的时间，但是不发达的通信设施将使我晚些时候才能知道，必须预备更晚才能知道。1975年在我不甚激烈的生命中，也算得上丰富多彩的一年了，几上几下，几经风浪，突然的发现，仓促的取消。倘若我福大而回北京，会觉得这几年过得像白痴。若回北京的话，我计划有架电视机，探寻李奶奶的下落，阿茶那也是要去的，骑车去，在秋天收获之时。当我在明亮的灯光下或球赛开始前的几分钟，回想起在呛人的柴油灯下的憧憬，作何感想？"

　　1976年2月我获准回北京了，途中先到插友王良模的二姐家，他二姐家在沈阳，二姐和姐夫都是部队的高官，家里有台电视机，每晚能看一会儿，看的什么节目忘了，但屏幕上哗哗的雪花，却记住了。

1976年以后的日子，慢慢就进入正常的轨道了，物质生活也是显而易见的一天比一天好。1978年，我家有了第一台电视机，是托人找来电视机票买的，九寸黑白的，好像是二百多块钱。那时我还住大杂院呢，全院就我家有一台电视，一到晚上全院的邻居都来我家看电视，自己带着板凳。我说一件特可笑的事，有一天晚上大伙儿正看电视呢，我的痔疮犯了，夏天只穿一大短裤，血流到板凳上，怎么办呀，直接站起来，不行，板凳上一滩血众目睽睽的如何是好，我只好两手冲后托着板凳站起来走到茅房去清理，大家都全神贯注在电视上，没人注意我这奇怪的举动。

电视改变了我们的生活，通过电视转播，我成了足球迷。球王贝利说过："每隔四年，我的心都会加速跳动。"作为有20年球迷历史的我深有同感。我从1978年到2006年足不出户地看了8届世界杯，从九寸"黑白"看到了二十九寸"双画面"，从"球盲"看到"业余九段"。下面摘录的是我二十多年间日记中关于"世界杯"的真实写照。1978年第11届——《初恋时，我们不懂爱情》——这是当时流行的一台话剧。1978年我也不懂足球，什么是"433"、什么是"442"，不懂。6月24日日记："星期一晚上转播世界杯足球决赛，但愿这股自由之风吹得更宜人一些。"6月26日日记："转播了第三、四名和冠亚军争夺的实况，比较来劲，充分显示了高于我国的技术水平和体力，冠亚军决战转播了120分钟。90分钟踢平后又打加时赛。"1982年第12届："阿根廷希望的气球在飞散，比利时防守的丛林难逾越。"贝利评首场比赛的标题真合辙押韵。7月11日日记："晚上朋友带来了一个好消息，明天早上5点转播冠亚军决赛的实况录像，也算不错了，只晚了2个小时。我预测明天是西德队夺得冠军。"八十年代，我还不懂什么叫"实况录像"，打电话问电视台，人家耐心地给我解答。

为了上班也能偷偷看球，我还买了只微型电视，日本三洋的，老贵老贵了，画面太小了，看不清，而且费电池。这只微型电视倒保存下来了，现在还放在我抽屉里，而那些改朝换代越换越大的电视，全没了。用得时间最长的是日本产的一台"21遥"，用了十几年，最后"以旧换新"还抵了一百元。我所有用过的电视里，对这台"21遥"最有感情，工人拿走时，我恋恋不舍。用过的电视，很难成为收藏品，它太大了太占地方。

　　Ade（再见），我的插队日记；Ade（再见），我的九寸黑白；Ade（再见），我的"21遥"。

2016年11月10日

微信群唤回的年少记忆

加入手机里的"微信群"还是今年春节以后的事，之前我对热火朝天的"微信"及"微信群"采取冷眼旁观的态度，甚至极不理解这玩意儿为何令人疯狂迷恋。我的一教授朋友痴迷微信到了什么程度，他对我说："上课时同学们在底下玩微信，我才不管他们听不听课呢，我趁机在台上也玩微信。"抵制了小两年，去年夏天为了能看微信，也为了不被时代潮流过早淘汰，我换了一台手机，原来的手机太落后连短信都发不了。上了微信之后，我的态度仍是观棋不语。

春节时的小学同学聚会，彻底摧垮我的防线。起因是这样的，聚餐之时互相加了微信，并即席组织了"石驸马二小"群（按：石驸马大街第二小学）。我们小学过去是清代克勤郡王府，民国时熊希龄买来作为私宅，于最后一进院落办了"昭慧幼稚园"。五十年代我就是在这院里上幼儿园，够七岁直接到前院上小学。所以我与同幼儿园的小学同学实际是九年的同窗情。当晚微信群里有位同学发了一条"音乐相册"，我想打开，却怎么也没声，我就把手机扔抽屉里睡觉了。第二天上午起床，隐约听着似有什么声响，原来"音乐相册"在抽屉里响了一夜。这位女同学将聚会照片与我《出书记》里的小学毕业集体照，配之以王铮亮唱的歌《时间都去哪儿了》，声画互动，触动怀旧之思，一下子我差点流泪。这首歌在2014年春晚唱红全国，我并没在意，没想到突然间在手机里不期而遇，甚至打动得我反复听了好几遍。前日"世界阅读日"某报约稿，我马上想到以"阅读都去哪儿了？"作为题目。

微信的好处，立马显现，记忆力超强的一位男生甚至将全班四十几位同学的姓名一一写出来发到群里，不得了，了不得，我连一半的名字也想不起来。女生里也有记性特好的，谁家住哪条胡同，门牌几号，均如数家珍。我想，不能示弱呀，除了将小学毕业照搁进书里姑算"载入史册"之外，我还将克勤郡王府的历史变迁小小地考证一番放到群里，乾隆京城全图时的克府比现存的遗址大出好几倍。前几天甚至找到一张1945年的石驸马幼儿园（当时名"昭慧幼稚园"）的集体照，发至群内，引得一片惊诧。

小学群建了没多久，中学同学又呼朋唤友地建了群，名曰"同窗的你"，拉我入群，中学不比小学，只在一起待了三年，有啥可叙旧的，但盛情难却，还是入了群。入群之初，仍抱"观棋不语"之原则，任凭群声鼎沸，我只做一名旁观者。我的不愿发声，是嫌老同学们聊的话题"太浅，太低"，另一个原因是"鸡汤、励志"泛滥。微信群的凝聚力蛮厉害，近五十名同学居然找到半数，群主便号召聚会，聚会吃饭的地方离我很近，可任凭他们如何动员，我还是未赴约，有同学骂我"各色"。不聚归不聚，每天我还是看看群里动态，忽然觉得这玩意儿有破闷之功效，不妨适度参与。我的小学是王府，中学更是个大王府——醇亲王府（南府），只须说光绪皇帝出生于此府，您该肃然起敬吧。同学们多着眼现实生活，对母校之掌故不甚了然，我就以此为突破口，将母校的前世今生一点一点发到群里，引得他们一片惊叹。民国时期醇亲王府被"民国大学"使用，1949年后为"新中中学"使用，再后才是我们的母校"三十四中"。我甚至找到了清代醇亲府平面图，对比百年来之兴废，不禁慨叹。母校前几年大修过，我曾去看过，不让进，只站在大门口望望。不久，居然被我在网上买到了醇亲王府修缮工程图（同时买到的还有克勤郡府修缮图），凝视着图，想着在这所全北京最差的学校里度过的三年。跟着就是停课闹革命，跟着就是上山下乡插队，人去也。

第三个群，是插队知青群，以下乡之地命名，"库仑老友群"。内蒙古库仑旗是全国贫困县之一，据说现在好多了，吃上大米白面，也通了火车，还开辟了不少旅游景点。2008年秋我回过库仑旗几天，其他都能忍受，就是成群的大苍蝇灭除不了，为什么呢，因为散养的牲畜，鸡狗猪鸭，粪便随处可见。村里的厕所还是老式样子，能不招苍蝇吗，眼瞅着房前的电线好像黑黑地粗了一圈，仔细瞅，原来爬满了"绿豆蝇"（眼睛像绿豆的大苍蝇）。

也许所有的微信群都是一个模式，天天有人转耸人听闻的消息及养生之法，如果真如他们所说，要么能活二百岁，要么立马丧命。这些知青原来都是三十四中的，但与我同班的只有一个，其他都是下乡后认识的，或只听说过彼此的名字，共同的农村经历使我们重新相识。我们也谈往事，更多的是谈返城后的生存状态及孩子甚至孙辈。在网上聊嫌不过瘾，又组织聚会。当初分到库仑旗的北京知青有二百来人，而入群的只有三十几位，能参加聚会的又减了一半，十六人。这聚会的地点是某知青的"私家菜"，店开在什刹海旁的一条小胡同里，以接待外国游客为主，这天特歇业一天专门招待我们。

旧雨新知，欢聚一堂，彼此面对面验证一下"真名实姓"（微信群里多使用网名），网络毕竟是虚拟世界，对群而言是"半虚拟"。闲聊中聊出一条重要的线索，知青里已知除我之外，还有一个女生出过书，而且那书专门写插队的经历和感受，这太有意思了。整个聚会进行了六小时方散去，我回家第一件事就是上网搜这本书，搜书之便捷要感谢万能的网络，一搜即有，真便宜，连邮费才十块钱。作者姓蓝，书名"风雨人生路"，题写书名的竟然是大作家冯牧，不单写书名还写了序，冯牧说："文笔质朴而流畅，颇有可读性，从始至终充溢着真挚的情感……用娓娓而叙的声调倾诉着自己真实而又独特的生活经历。而这些生活经历，又处处都带着那个已经逝去的复杂历史年代的痕迹和烙印。"蓝女士跟我是一个公社的，但不在一个生产队（相隔六里地），从未见过面，只是我的一位插友曾经追求过蓝，所以我记住了这个很少见的姓。

书到手之后，我迅速找到了叙述插队生活的段落，我们曾经在同一片蓝天下奉献青春，读来倍感亲切或者似曾相识，蓝的文笔不像他们说的那么乏味，虽然少不了抒情，却是真情的流淌。蓝书写到库仑旗的干部到学校动员学生们到他们那儿插队的情形，对此我几乎一点儿也不记得了。库仑旗干部宣传"风吹草低见牛羊"的美丽大草原，使我想起下乡后几个月的某晚，几个知青偶宿公社旅店，大炕的一头睡着位从北京来内蒙古工作的大学毕业生（学林牧业的），黑暗中看不清他的脸，只听他说当初是被美妙的歌声"蓝蓝的天上白云飘，白云下面马儿跑，挥动鞭儿响四方，百鸟儿齐飞翔"给吸引来的。

常常听父亲诉苦，所谓苦，就是晚年的寂寞。父亲不会电脑，不会微信。我想，我的晚年不会寂寞吧，只因为有了它——微信及微信群。

2016年6月6日

后记

这一两年所作文，十之八九收入在这个小册子里。若论写得最苦最过瘾的是哪篇，当然是《熊希龄石驸马故宅小考》了。所谓苦，因为写作时正值三伏热天，我后来自嘲"整个三伏有两伏半贡献给了熊总理"。所谓过瘾，是越写买书越多，甚至重金购入《加摹乾隆京城全图》以作参考材料，图太大，只好摊在凉席上，左图右史，不亦快哉。《醇亲王府里的中学岁月》也很过瘾，边写边一截一截地发在中学同学微信群里，同学们提供了不少我失忆的细节。《常书鸿敦煌大漠离恨天》一文，也参考了很多书，其中最使我唏嘘不已的是常书鸿女儿常沙娜的回忆录《黄沙与蓝天》。为了写此文，我特地购入1948年上海所出画报，上载有"国立敦煌研究所"照片，常书鸿、陈芝秀、少年沙娜在内。

与姜寻君合作多年，他的做书手段愈趋高端，品位亦愈显高贵，反衬得我等之文字，跟头把式有种不赶趟的尴尬。若欲好马配好鞍，只有努力前行。

2017年10月5日